めぐりんと私。

大崎　梢

書館「本
バスめぐりん」は、今日も巡回先へ本を
届けつつ、屈託を抱えた利用者たちの心
を解きほぐす。縁もゆかりもない土地で
一人暮らすことになった七十代の女性の、
本と共に歩んできた半生を描く「本は峠
を越えて」や、十八年前になくしたはず
の本が見つかったことを引き金に当時の
出来事が明るみに出る「昼下がりの見つ
けもの」、本と人との出会いを守る図書
館司書として働くことへの熱意や矜恃に
胸を打たれる「未来に向かって」など、
全五編を収録。めぐりんが本と人々を繋
ぐ移動図書館ミステリシリーズ、第二弾。

めぐりんと私。

大崎　梢

創元推理文庫

"MEGURIN" AND ME

by

Kozue Ohsaki

2021

目次

めぐりんと私。

本は峠を越えて

1

人の話し声らしきものが聞こえ、節子は目を向けた。コンビニに宅配便を出しに行った帰り道、公民館の前を通り過ぎ、隣接している駐車場にさしかかったところだ。

駐められた車のまわりに人影が見える。十人くらいいるだろうか。ときどき笑い声が上がり、和気藹々とした雰囲気が伝わる。野菜やパンの販売車でも来ているのか。

そう思いながら目を凝らし、少なからず驚いた。車はマイクロバスのように車高があって、横長の側面は羽を広げるように持ち上がっている。開口部に見えるのは棚だろう。そこに本の背表紙がずらりと並んでいる。

移動図書館の車だ。こんなところに来てるなんて。この町にそれが走っているなんて。ちっとも知らなかった。

えもいわれぬ寂しさにかられ、節子は顔をしかめた。知らない自分がもどかしく歯がゆい。

春先まではとなりの大和市に住んでいた。庭付きの一軒家を借りていたのだが、大家さんが建て替えを希望し、契約の延長を断られた。前々から話はあったので承知するしかなく、せめても近くのアパートにでも住みたかったのに、あれよあれよという強引さで家族が転居先を決めてしまった。

それがここ、種川市。大和市だけでなく横浜市にも接し、南部は相模湾に拓けた温暖な土地柄だ。ＪＲと私鉄が走っているので交通の便もよく、人気のベッドタウンと聞いているが、節子にとって縁もゆかりもない。そのうち慣れると言われたけれど、まだまだ兆しもなく、折に触れて気持ちが翳る。

どうせ同居人のいない独り暮らしだ。好きにさせてほしかった。

節子の生まれは栃木県の北西部、木久田という山間の集落で、鬼怒川の支流に沿った土地を切り拓き、住民のほとんどは農業で生計を立てていた。

太平洋戦争が終わってから二年後の、昭和二十二年に生まれ、今年七十二歳になる。国民のすべてが憔悴しきっていた時代から、暮らしがどうにか上向き始める復興期と自身の成長期が重なる。父は土地持ち農家の次男坊で、跡取りの長兄がいたので農協に勤め、結婚相手である節子の母が本家の野良仕事を手伝っていた。

冬は寒く夏は暑いという栃木の山間部ながらも、きょうだいや従姉妹、近所の子どもたちと野山を駆けまわった記憶は今でも鮮やかに残っている。小川の魚すくいや山菜採り、キノコ狩り、干し柿作りに凧揚げ、火鉢で焼いたあんころ餅。何もかもが懐かしい。

そしてもうひとつ、節子には忘れられない思い出がある。六歳の夏、村に初めて「自動車文庫」なるものがやってきたのだ。

当時、文庫と言えば本のことを指していた。節子にしても本ならば見たことがあるし触ったこともある。本家の座敷には箱入りの文学全集が飾ってあったし、年上の従姉妹が学校の教科書を読んでもくれた。町に出かけた父親がなんの気まぐれか、『したきりすずめ』の絵本を買ってきたこともある。字数が少なかったので何度も読んであっという間に暗記してしまった。

物語は面白くて楽しくて、できればもっと読みたかったけれど、本と自動車との結びつきがうまく考えられない。父は「子どもの本はない」の一点張りで、母は「大人のどういう本があるのかしら」と眉をひそめる。近所のおじさんたちはてんでに首をひねり、借り賃のかかる貸本屋だと噂した。村一番の物知りである祖父は宇都宮にできたという県立図書館の話をしてくれたが、遠い町にあるりっぱな建物よりも、村に来てくれる自動車文庫のことが知りたい。

やがて本を借りるのにお金はいらないという耳寄りな情報がもたらされ、村のみんなはどよめいた。節子も興奮した。『したきりすずめ』以外の本が読めるかもしれない。節子には弟も妹もいるので贅沢は言えず、はなから諦めていたところ、「ただ」だ。

いやが上にも期待が高まる中、お役所から通達があり訪問の日時が発表された。すぐさま集落の隅々にまで伝えられる。車が来るのは県下のすべての村ではなく、選ばれたほんのいくつかと聞かされいっそう盛り上がる。野良着では失礼だろうか。歓迎の横断幕を作るべきだろうか。もてなしの膳を用意すべきか。寄るとさわるとそんな話でもちきりだ。

そして迎えた当日、通達の時間より三十分ほど遅れて、ついにそれらしき車が現れた。ごつくて大きな長四角の車だ。村の入口で待ち構え、後を追いかける子どもたちがいる。わあわあきゃーきゃーと離れたところにいても歓声が聞こえた。田畑の間の農道を抜けて、車は左右に揺れながら高台の広場へと近付く。節子の傍らには「ありがたい」と手を合わせるおばあさんや涙ぐむおじいさんもいた。さすがに鼻白んだが、車が駐まり、それに向かってわき上がる拍手を聞いていると胸が熱くなった。

きびきびと現れた職員たちは短い挨拶の後、車の中から箱を手際良く下ろしていく。箱には本が詰まっていた。車内にも本棚が設えられ、あらゆる分野が揃っていることがわかる。そのどれをも借りることができて、お金はかからない。三週間後にまた車が来るので、そのとき返却すればいい。手を合わせるお年寄りたちを笑うことはできなかった。たしかにとても素晴らしい。

戦争が終わり新しい時代が来ると大人たちはよく言っていたが、節子にすればそれを目の当たりにした日だった。これからあらゆる物事が変わっていくのかもしれない。小さな村もやがて大きな町になるのかもしれない。だったらどんなにいいだろう。夢みたいだ。

*

昔を思い出し、節子は駐車場の入口で立ち尽くしていた。背後から来た人が怪訝(けげん)そうにちらりと見て追い越していく。

我に返り、その場から退散しかけて気が変わった。今も昔もあの手の車は閲覧自由のはず。せっかくなのでのぞいてみようか。すまし顔で歩み寄る。立ち話している人もいれば、ひとりでじっと書棚に向き合っている人もいる。車内にも誰かいる。

「こんにちは」

いきなり横から声をかけられ、飛び上がりそうになった。見ればショートカットの若い女性だ。満面に笑みを浮かべて節子を見ている。できればそっとしておいてほしかったのだが、挨拶をされればお辞儀のひとつもしなくてはならない。黙って小さく頭を下げる。

幸い、「どなたですか」「初めてですよね」などと立ち入ったことは聞かずに、どうぞという雰囲気で道を空(あ)けてくれた。車に近付き並んでいる背表紙に目をやって、なんとか気持ちを落ち着ける。昨日今日と誰とも口を利(き)いていないので、ちょっとしたことでも大げさに反応してしまう。

車の反対側にまわると、折りたたみ式の長机が設置されていた。職員らしき男性が作業をしている。片手にリモコンのような機械を持ち、本の表紙に押し当てている。耳をそばだてるとかすかにピッピッと聞こえてきた。表紙に貼られたバーコードを読み取っているらしい。それで返却手続きが完了なのだろう。

「なんでも機械化の時代ですね」

思わずつぶやいていた。聞こえたらしく男性は顔を上げる。年配の男性だ。定年後しばらく経った年頃ではないだろうか。七十を超した自分よりかは年下なのかもしれない。目が合って、相手は頬をほころばせた。柔和な表情を向けてくれるのが心地よい。自然と次の言葉が出た。

「昔は本の後ろページに小さなポケットがついていて、中に貸し出しカードが入っていました」

「ええ。そうでしたね。学校の図書室もみんな厚紙でできたカードを使っていました」

如才(じょさい)なく返され肩の力が抜ける。

「本を借りるときは自分の名前や日付を書いて、係の人に渡して」

節子が言えば、相手も楽しげに応じる。

「借りた人の名前がカードには残るので、どんな人が読んだのかがわかってしまうんですよね」

「たいていは知らない人の名前ですけど、たまに知った名前があるとドキッとしました」

「わかります。見慣れてくるとしょっちゅう同じ名前に出くわして、本好きなんだなと感心したものです」

そんなことに気づくくらいにはこの人も本好きだったのだろう。図書館の職員なのだ。好きで当然か。

「懐かしいですね。いちいち名前や書名を手書きしていたわけですから、手間と言えば手間ですが、一冊ごとの履歴を実感できました」

男性の言葉に同意して、節子は車の側面に目をやった。旅行ガイドや料理の本、児童書などが並んでいる。

「昔はほんとうに手間や労力をかけていました。ついさっき、たまたま通りかかってこの車を見つけ、思い出していたんですよ。私は栃木の山奥の出で、子どもの頃に本を載せた車が巡回するようになりました。村にとってそれはそれは大きな出来事でした。あの頃は移動図書館とは言わず……なんと呼ばれていたか、ご存じですか？」

首をひねる男性に、節子はやんわり微笑(ほほえ)みかけた。困らせるつもりはなかったのですぐに答えを告げようとしたのだが、「自動車文庫ですか」と背後から聞こえた。さっきの「こんにちは」の若い女性だ。

「でなければ、BM。ブックモービル」

ご名答だ。うなずくと彼女は「やった」とばかりに拳を握りしめる。

「へえ。移動図書館しか知らなかった。昔はそんなふうに呼ばれていたのか。自動車文庫と、えっと、なんだっけ？」

「ブックモービル、略してBMです。アメリカで普及したスタイルが日本に導入されたので、最初は英語のままだったんですね。それとは別に、本を何冊かまとめて提供した『貸し出し文庫』というシステムが日本にはあり、モービル、つまり自動車が運ぶ文庫、『自動車文庫』と呼ばれるようになったんです」

「ほう。なるほど」

「テルさん、昔と今では移動図書館の意味合いもちがったんですよ。今は図書館の遠い地域に便宜を図るために、本を載せた車が走りまわっていますが、昔はもっと強い意義や使命があったんです」

男性はきょとんとした顔になり、彼女はちらりと節子に目配せしてから言った。

「さっきこちらの方が栃木県の出身とおっしゃっていましたね。その栃木県、たしか戦前には公共図書館がなく、戦後すぐの時期に初めて県立図書館が建てられたと記憶しています。りっぱなことですが、広い栃木県にたったのひとつきりですよ。県民のどれくらいが利用すると思いますか。わざわざ借りに来る人の割合などごくわずかですよ。それをしょうがないで片づけなかったのが、当時の図書館を知る人たち。戦後の厳しい財政の中から予算をひねり出し、本を運ぶための車を買ったんです」

やけに熱く弁を振るう彼女を節子はぽかんと見守った。古い話や硬い話は関心なさそうな、今どきの女の子に見えたのに。よく知っている。

「その車で、離れた場所に住む利用者のもとまで行ったのか。何台くらいで？」

「一台ですよ。当時は今よりもっともっと車が高価だったんです」

「たったの一台？　市ではなく県だよね。うわあ」

テルさんと呼ばれていた男性は悲鳴のような声をあげる。それを聞きながら、節子はみるみるうちに劣化していく本の車を思い出した。初めて目にしたときは田舎の強い日差しを撥ねのけるような雄々しさがあったのに、ほんの数年で車体はくすみ、あちこちに傷やへこみができて馬力は落ちた。あるとき運転手さんに、まるでおじいさんみたいだというと哀しい顔をされた。こいつはあっという間にぽんこつになるほど走りまわっているんだよ、と。

　当時の道路は舗装されておらず、峠を越えて村から村へ、悪路が延々と続いていた。

　ふたりの会話に節子も加わる。

「二台目、三台目と、車は買い足されたんですよ。自動車文庫に来てほしいという要望が殺到し、応えるには増やすしかなかったので。でも増えたところで車の走行距離が減るわけではないです」

テルさんは神妙な面持ちで首を縦に振る。

「市ではなく、県という広さですからね。三台でも四台でも追い付かなかったでしょう。行きっぱなしではなく、数週間ごとの巡回ですし。ウメちゃん」

若い女性に呼びかける。

「さっき言われた意味がわかってきたよ。今ではたいていどこの市町村にも公共図書館がある。その機能を補完すべく、移動図書館を活用しているところがある。種川市のようにね。でも昔は建物の役割を車が担っていたのか。補完ではなく」

「はい。そういうことです」

ウメちゃんと呼ばれた女性は歯切れ良く答える。

そこに他の利用者がやってきて本の貸し出し作業が始まった。節子は気を利かせてそっと退いた。車の棚へと歩み寄る。昔読んだ本は、あるだろうか。丹念に背表紙をたどっていくと上段のはじっこに古びた本が並んでいた。日本人作家による名作全集の一部らしい。かすれて読みにくいが、作者は夏目漱石や川端康成、芥川龍之介、樋口一葉。

手を伸ばしかけて止まる。目次を開くまでもない。一葉の本ならば「たけくらべ」「にごりえ」「大つごもり」といった作品が収められているのだろう。

「思い出の本はありましたか」

作業が終わったらしく、テルさんに声をかけられた。うなずいてもよかったが正直に首を横に振った。

「樋口一葉も懐かしいですけど、自動車文庫から借りて読んだのは山本有三(やまもとゆうぞう)や井上靖(いのうえやすし)でした。子どもの本はないと言われましたが、有名な本は置いてあったんです。母が借りてくれました」

「やまもとゆうぞう……」

「『路傍(ろぼう)の石』や『真実一路』です」

「ああ。私も読んだ気がします」

「井上靖でしたら、児童書で有名なのは『しろばんば』や『あすなろ物語』」

「『あすなろ物語』、知ってます。そうか。あれか。でも読んだことはないんですよね」

恥ずかしそうに肩をすくめるので、節子は笑ってしまった。覚えやすいタイトルなので、記憶に残りやすいのだろう。

「海外物も読まれましたか。『宝島』や『モンテ・クリスト伯』など、ほんとうに懐かしいです」とテルさん。

「それなら私は『嵐が丘』や『若草物語』」

節子の脳裏に表紙が次々に浮かび、手触りや重みが蘇(よみがえ)る。ページをめくり、挿絵(さしえ)が現れたときの喜びまでも湧き上がる。

路面電車の行き交う都会の町角や、奉公人(ほうこうにん)を抱えた大きな商家、ピアノや教会、暖炉(だんろ)にろうそく立て。どれもが本の中で知り得た世界だ。セリフを諳んじては主人公になりきった。友だちとの寸劇はいつでもどこでも盛り上がり、挿絵の中に入っていく夢を何度も見た。

テルさんが宝の地図の話をする。

「私も『宝島』に感化されてせっせと作りました。無人島での生活についても、毎日大真面目に考え続けて。子どもの頃の自分は今よりずっと集中力があって、ある意味、勤勉でした」

「ですね。私も聴いたこともない賛美歌を歌おうとしたりしたんですよ。何かしら歌った記憶があるので、自分で作ったのかしら」

「自動車文庫は長いこと利用されていたんですか」

「いいえ。町中に図書館が建つようになり、次第に減っていったと思います。ずいぶんあとになって、『役目を終えた』という広報か何かの一文を見ました」

たったひとつしかなかった公共の図書館が各市町村ごとに増え、大人も子どもも好きなときに訪れて、自由に本を選べるようになった。本来のあるべき姿が実現したのだ。

自動車文庫の巡回訪問は四週間に一度、あるいは三週間に一度。時間も三十分から長くて四十分ほど。急いで本を選び、貸し出し手続きをしなくてはならなかった。利用者が増えれば個別に対応する時間がなくなり、やがて村に世話人を置いての「集団貸し出し」が始まる。車の書棚から好きな本を選ぶのではなく、世話人が代表して本の詰まった箱を受け取る仕組みだ。住民はそこから読みたいものを見つける。選択の範囲は極端に狭まるが、当時の「個人貸し出し」は一冊か二冊。箱ならばだいたい五十冊が詰まっている。次の巡回日まで借りて返してをくり返せば、いろいろ読めるというメリットはあった。

その一方、村の人が間に入って世話をするので、誰が何を借りたのかは筒抜け状態だ。読書の苦手な節子の母は、自動車文庫の手伝い役を買って出た義姉の手前、形ばかり料理や手芸の本を借りるのだけれども、たまには小説を読みなさいとからかわれ、たいそうふさぎ込んでいた。母の代わりに節子が読み、無難な感想を教えることはたびたびあった。

「ほんとうに便利になりましたね」

今では読みたい本をインターネットで予約して、移動図書館の車で受け取ることも可能だそうだ。

ひととおり陳列を見たあと、節子は誰にともなく会釈をしてその場を辞した。

市内在住ならば貸し出しカードはすぐ作れると言われたが、また今度と遠慮した。母のことを思い起こせば、自動車文庫を褒めそやしてもいられない。無料で貸してくれる本の出現に読書熱は高まり、村の文化度は押し上げられたのかもしれないが、熱気は往々にしてひずみを生む。無理強いや仲間はずれ、諍いがなかったとは言い難い。

その後、農協職員だった父の転勤が決まり、一家は大田原へと引っ越した。母は読書から、あるいは義姉から、もっと言ってしまえば本家の圧力から、自然な形で離れられた。さぞかしほっとしたのだろう。目に見えて明るくなった。

節子にしても転居がきっかけで高校への進学が叶った。女子の進学率が向上する時代ではあったが、村では中学までで上等という考えが根強かった。両親にしても町に出て初めて高校に行かせる家庭が多いことを知り、意識が変わったのだ。節子は一番上の子どもだったので、この変化はとてもありがたかった。

県立高校に合格すると自転車通学が始まり、学校の図書館をよく利用した。『風と共に去りぬ』や『罪と罰』『アンネの日記』といった翻訳物を読む一方、日本人作家による話題作は、本好きの同級生たちと先を争うようにして借りた。『氷点』や『砂の器』など、高校生にどれほど理解できていたのか甚だ疑問だが、背伸びをして図書の先生と感想を語り合うのも楽しかった。

中には高校生だからこそ、強い衝撃を受けた本もある。難病に冒された若い女性と、彼女を支える男性との書簡集、『愛と死をみつめて』だ。しばらく他の本が読めなくなるほど頭の中がそれ一色に染まり、借りるだけでは飽き足らず本屋さんで買い求めた。関連本である『若きいのちの日記』も買った。どちらも何度読み返しただろう。

ドラマも映画も夢中になり、珍しく両親からいい加減にしなさいとたしなめられたが、成績は三学年を通じて良く、就職先は第一志望である地元の信用金庫に決まった。

2

「一番、光り輝いていた頃だわ」

駐車場を背にして歩きながら、節子は声に出してつぶやいた。

本の中の純愛に圧倒された若かりし日の自分は、いつか私もと熱にうかされたように思い、運命の人との出会いを今か今かと待ちわびた。純粋なようでいて、振り返ってみれば貪欲だった。若さとはそんなものかもしれない。

おとなしく待つだけでなく前のめりに目を光らせ、やがて同じ信金の、本店に勤める男性と出会った。四つ年上で、当時まだ珍しい大卒というキャリアの持ち主だった。優しくて礼儀正しくユーモアもあり、読書好きと聞けばときめかないわけがない。

まわりはエリート扱いし、いわゆる狙っている同僚女子も多かった。でも趣味が合うというのは強い。翻訳物の話で会話が弾み、ＳＦ小説をすすめられ、貸し借りのうちに映画に誘われた。『００７』シリーズも『メリー・ポピンズ』も我を忘れるほど興奮してしまったが、彼はそんな節子にたじろぐことなく、一緒にいると楽しいよと笑ってくれた。

交際は順調に続き、やがてまわりに知られるようになり、初めての映画鑑賞から半年後にプロポーズされた。

家族への報告は誇らしかった。挨拶に来てくれた彼は生真面目でありながらも大らかで親しみやすい。両親も弟妹もたちまち気に入って、節子にしては上出来、お姉ちゃんにしては立派とずいぶん言われた。

彼の家族は両親と姉ふたりで、姉たちはすでに嫁いでいた。父は地元企業に勤め、住まいは宇都宮郊外に建つ一軒家。たいそうな家ではけっしてないと常々言われていたが、子どもを大学に行かせるくらいには裕福な家庭だ。

跡取り息子への期待は大きかったにちがいない。嫁にも相応の心づもりはあったのかもしれない。けれど慣れないワンピースに身を包み、おずおずと訪れた節子は温かく迎えられた。本人が健康であること、県立高校を出ていること、父の実家が地主であること、それらが要因だったのだろう。

互いの親族から良縁を祝福され、節子は二十二歳で岩崎周一と結婚した。

新居は岩崎家の二階。新婚夫婦のためにと畳や襖を新調してもらい、それだけで十分ありがたかった。

一階には夫の両親に加えほとんど寝たきり状態の祖母がいたので、その介護を手伝いつつ、姑と家事を分け合う日々が始まった。気配りに長けた姑は良妻賢母を地で行く人で、料理の手際が良い上に掃除洗濯も手抜かりなく、町内会などの世話役もこなしていた。かといって自動車文庫を仕切っていた伯母のような強引さもなく、真面目で控え目という美徳の持ち主だ。

その姑を手本に、季節ごとの行事や冠婚葬祭のあれこれを学び、忙しいなりにも新婚生活は充実していた。煮物の味付けに合格点をもらい、夫の浴衣（ゆかた）を縫（ぬ）い、年末の餅つきに精を出し、合間には夫の本棚から冒険小説を拝借した。地底世界や火星旅行も慣れれば面白い。物語では太古の生物が出現したり有毒ガスが噴出したりと予断を許さぬが、節子の毎日は平穏で、間もなくそれが大きな悩みになる。一向におめでたの兆しがなかったのだ。

結婚して一年が過ぎる頃から、子宝に恵まれるという神社に連れて行かれ、初めのうちは姑と寄り添って参拝した。くよくよする節子に、あせってはダメよと笑みを向けてくれることもあった。二年目になると、御利益（ごりやく）があるというお守りをいくつもあてがわれ、遠回しに病院をすすめられた。二十代半ばだった節子は「大丈夫です」「きっともうすぐ」とかわしたが、義姉がしつこく言うので産婦人科を受診した。結果は異常なしだった。

節子はもちろん夫もほっとして、まだまだこれからだよ、気にするとかえってよくないと励まされた。姑たちも胸を撫（な）で下ろし、そうこうしているうちに夫の祖母が亡くなった。葬儀や納骨が一段落し、遺品整理が終わった後も妊娠の兆候（ちょうこう）はなく、何度目かの受診で産婦人科の医師から、夫を連れてくるようにと言われた。

思えばこれがひとつの転機になった。当時、不妊の原因は妻側にあるとされていた。「嫁（か）

して三年子なきは去る」という古い言葉も消し去られたわけではない。「昔はね」という前置きを付け嫁いびりに使われた。節子にしても悪いのは自分だと肩身を狭くしていた。少しでも良い変化が起きるようにと、藁にもすがる思いで医師の言葉を伝えた。

夫は唖然とし、まるで裏切られたかのような顔をした。今まで陰になり日向になり庇ってきた。職場の同僚や先輩にまだかまだかと言われても我慢して、家では妻の愚痴を聞いてきた。励ましもしてきた。なのに、この期に及んで人のせいにするのかと、冷たい目でなじった。

節子は驚きあわてた。岩崎の家の中で頼れるのは夫だけ。庇護がなくてはやっていけない。突然の豹変に狼狽し、ひたすら謝り受診の話は引っこめた。二度と言うまいと心に誓い、数日後にはふつうの会話ができるようになったが、ほんとうの意味で夫の心が戻ることはなかった。次第に酒量が増え、帰宅時間が遅くなる。

その頃には舅や姑から「孫の顔が見たい」とあからさまに言われ、義姉の嫌味も露骨になった。耐えかねて別居を懇願したが、夫はこれを舅たちに言ってしまう。産婦人科受診の件も話してしまう。舅たちの怒りは大きかった。

一切の弁解を聞いてもらえず暴言を吐かれ、節子は実家に帰る決心をする。けれど姑に反対された。世間に顔向けができないと言うのだ。岩崎の家に泥を塗る気かと責められた。帰るに帰れず針のむしろの日々を過ごし、あの頃のことはよく覚えていない。空想が働かず地底世界にも火星にも行けなくなった。せめてもと料理や洋裁の本を手にするけれど、気がつけば暗い部屋で灯りもつけずにぼんやりしていた。

そんな毎日に終止符が打たれたのは、節子が二十九歳のとき。夫の浮気相手が妊娠した。夫も舅も姑も義姉も悪びれることなく喜んだ。長い長いトンネルを抜け出たように晴れやかな顔をしていた。

荷物をまとめると、今度は引き留められなかった。実家の両親は事情を聞き及んでいたので、優しく迎えてくれた。何も心配せずゆっくりするようにと言われ、節子は涙にくれた。そのまま負った傷を癒やせればよかったのだけれども、実家には弟夫婦がいて、義妹のお腹には一人目の子が宿っていた。

節子はしばらくの猶予をもらい、その間に自立の道を探した。自分にはふつうの家庭を持つことができないらしい。なんとしてでもひとりで生きていかなくてはならない。せめて大田原や宇都宮から離れ、知った人のいない土地で暮らしたい。

栃木県内の鉄道駅をいくつも訪ね、石波駅の近くで求人の張り紙を見つけた。新装開店したばかりの、四階建てのスーパーだった。

＊

昼下がりの家並みを節子は黙って歩く。家からコンビニへの道すがらに公民館があり、コーラスや編み物、リズム体操など高齢者向けのサークルがあるらしく、募集要項を記したポスターが貼ってある。ひとりでぼんやりしていては老化が進むだけ。動くのがおっくうになる前に何か始めよう。そう思うのだけれど、引っ越し疲れがなかなか抜けない。

今日もコンビニで総菜を買ってしまった。卵豆腐に納豆にポテトサラダ。出来合いのおかずが悪いわけではない。忙しいときの一品やたまの手抜きならばむしろ奨励したいくらいだ。でも今の自分には時間がある。料理も嫌いな方ではない。なのに、じゃがいもを茹でたりマヨネーズであえたりの手間がかけられない。

目印である内科医院の角を曲がると、床屋や和菓子店などちょっとしたお店が続く。そのあとの目印は緑の木々の塊だ。住宅街の奥に造園会社がある。広々とした敷地に売り物の庭木や苗木を置き、ショベルカーやトラックも保有している。

会社といってもビルがあるわけではなく、社長さんには「ただの植木屋ですよ」と謙遜された。二束三文の荒れ地を売りつけられるようにして買い取り、自力で土地をならして商売を始めたそうだ。節子が今住んでいる借家も、持ち主はこの造園会社。ゆるやかな南斜面の中腹に建つ、古びた平屋だ。縁側に座ると造園会社の植木がほどよく見え、余生を送るにはちょうどいい風情なのかもしれない。

静かで、ひっそりとした佇まい。どこか物寂しい。独り身であることがしんしんと染みてくる。

節子が初めて借りたアパートもまさにそうだった。今の借家と同じように古びていたが、アパートは八世帯が入る二階建てという造りをしていた。

石波駅近くのスーパーで求人を見つけたとき、節子はその足で駅前の不動産屋を訪ねた。借りられるような部屋があるかどうかを知りたかったのだが、一軒目の不動産屋では結婚の予定や、子どもがいないと言ってもほんとうはいるんじゃないかとしつこく聞かれ、早々に退散した。二軒目では担当者が不在と言われ、この町には縁がないのかと思っていたところ、三軒目でようやくまともなやりとりができた。担当者はこちらの予算に合わせ、数軒の間取り図を見せてくれた。

それをもとに後日、空き部屋のいくつかを見学した。ほとんどが一間かぎりの安アパートだが、トイレや風呂が付いていれば文句はない。すり切れてささくれ立った畳も、シミの浮き出た漆喰(しっくい)の壁も、笠のない裸電球も、侘(わび)しい自分にふさわしく思えてくる。

暗い顔はしていないつもりだったが、担当者は案じてくれたのだろうか。独り暮らしが初めてならばと、もう一軒に連れて行かれた。

「みどりハイツ」という看板を掲(かか)げたそこは、駅から歩いて十八分、最寄りのバス停までも八分。立地面では好条件ではなかったが、児童公園に面しているので日当たりはいい。住宅街にあるので静かだ。草ぼうぼうの空き地に囲まれてもいないし、パチンコ店からの騒音もなく、異臭の漏れる工場にも隣接していない。

室内を見せてもらうと襖や壁は古びていたが、畳は新調され、トイレや風呂も掃除が行き届いていた。洗濯機置き場も室内にある。窓からの日差しが心地よく、洗濯物も乾きそうだ。自転車を使えば駅に出やすい。

見学を終えて下りていくと、大家さんがアパートの出入り口を掃除していた。眼鏡をかけた年配の女性だ。腰を伸ばし、節子に笑いかけてくれた。不動産屋の人とは顔なじみらしく、「あんたの紹介ならいい人でしょう」と言われた。いい人かどうかはわからないが、ここならやっていけそうな気がした。

渋っていた母も見に来て、日当たりの良さや落ち着いた環境に安心したらしい。父が保証人になって契約が進み、入居する頃には仕事も決まっていた。求人していた駅前のスーパーマーケットだ。時給いくらというパート待遇だったが、週末の人手が足りなかったようで、土日も出られると言うとふたつ返事だった。

最初の配属先は寝具売場。慣れない仕事にまごまごしたものの、半年もすれば勝手がわかる。寝具だけでなくインテリア売場も兼任し、接客や包装、配送手続きや品出しで一日はあっという間だった。

疲れて帰り、寝て起きてをひたすらくり返す。節約のために備え付けのキッチンで料理だけは続けた。大家さんから野菜のお裾分けがあったので、お礼代わりに出来上がったおかずを持っていくと喜ばれた。仕事には残り物を詰めた弁当も持参した。

それを食べるのは休憩室の片隅だったが、見ている人がいたのか、あるとき副店長に声をかけられた。調理の心得があるのなら、食料品売場で総菜を作らないかと。寝具売場の人にはきつい仕事だと忠告されたが、断りそこねているうちに承諾と受け取られ、翌月に異動となった。時給は少し上がり、残り物のおかずを持ち帰れるという余禄が付いてきた。

一日中揚げ物だったり、大きな鍋釜を洗い続けたり、炊きあがったばかりのご飯が熱かったりと、たしかにきつい仕事だが、上がった時給の分だけ生活は安定し、休日は散歩に出かける余裕も生まれた。商店街のはずれにある古本屋に寄ることも覚えた。

訪れるのが平日のせいか、古本屋にお客さんの姿はほとんどなく、店主らしい白髪頭の男性が本の整理をしていた。愛想の類はまったくなかったものの、かえって気楽で寄りやすい。丹念に通路を歩いて棚を眺め、ときどき立ち止まって手を伸ばし、ぱらぱらめくって棚に戻す。最後にワゴンセールの中から一冊を選ぶ。節子にとってささやかな贅沢だ。店主は決まって表紙に目をやり、「ふんふんなるほど」と納得したようにうなずく。百円玉ひとつを受け取り、箱の中にチャリンと落とす。

狭いアパートだったので買った本は置いておけず、ただ同然で引き取ってもらったこともあるし、処分したものもある。手元に残したのはほんの数冊だ。

＊

家に帰ると節子は真っ先に窓を開けて空気を入れ換えた。上着を片づけ手を洗い仏壇の鐘を鳴らす。

「今日ね、面白いものを見つけたのよ。種川市の移動図書館で通称本バス、愛称めぐりん号ですって。スタッフはふたりいて、テルさんとウメちゃん」

いつもの癖で話しかけ、ふと思い立って押し入れの戸を開けた。畳に膝をつき、下段に押し込んだ段ボールの中からお目当ての重たい箱を引っ張り出す。思い出の品をしまった一箱だ。

畳の上まで引きずって、これこれとばかりに蓋（ふた）を開く。家族写真や文集、友だちからの手紙。紙袋に収納したそれらをひとつひとつ出していくと、下半分は古びた本だ。『愛と死をみつめて』も入っている。

そちらには目をつぶり、年季の入った一冊を取り出した。『あしながおじさん』の文庫だ。

古本屋の薄暗い通路や干し草のような紙の匂いが蘇る。チャリンという音を思い出し、口元がほころぶような、少し切ない気持ちになるような。

雑多に詰め込まれたワゴンの中から、節子が選んだのは過去の名作、外国人の作家が書いた翻訳物ばかりだった。金貸しの老婆が殺される話やフランス革命の荒廃などを少しずつ読み、遠い国のはるか昔の話だからこそ安心できた。イワン、ナターシャ、エリザベート、ジュリアン、ポール、セシル、アントニオ。カタカナ名前は現実を忘れさせてくれる魔法の呪文でもあったのだろう。

翻訳物であっても明るい話は敬遠した。『赤毛のアン』でさえ手が出せずにいたのだが、ワゴンの中だと油断する。冒頭の数行を読んだところで離れがたくなり、百円玉を店主に渡した。それが『あしながおじさん』。

高校時代も読んでいたが、そのときはロマンチックな読後感ばかりが印象に残った。三十代になって読み返すと、主人公の言動に深く考えさせられた。

奨学金をめぐっての、自分に援助してくれている慈善家とのやりとりだ。

機嫌を損ねたら多くのものを失いかねないのに、主人公は臆することなく自分の主張をぶつける。相手の反応を恐れず、考えや気持ちを伝えようとする。慈善家の方も言うことを聞かない主人公に対し、援助の打ち切りをちらつかせることなく、へそも曲げず、しっぺ返しも企まない。本音のやりとりを経て、ふたりの信頼は深まっていく。

節子は短く終わった結婚生活に思いをはせた。岩崎家の中で、自分はどんな意志を持っていただろう。伝える努力をどれだけしただろう。もしも拳を握りしめぶつかっていたら、相手の胸の奥に届いていたのかもしれない。声にならない声を聞けたのかもしれない。

考えているうちに、心の窓が開くような気がした。本を片手にアパートの窓も開け放った。南風を浴びながら公園の木立を眺めていると、子どもたちの声やボールの弾む音、豆腐屋さんのラッパの音が聞こえてくる。遠くの空に向かい、自分も何か声を出したくなった。

その後も読書はぽちぽち続いたが仕事は忙しく、となり町にオープンした新店舗を手伝い総菜売場をかけ持ちした。ようやく落ち着いた頃、新たな総菜や弁当の開発を任され、お休みの曜日が変わった。

月曜日から火曜日にという小さな変化だ。どの曜日でも同じだと思っていたところ、意外な光景に遭遇した。いつものように買い物に出かけた帰り道、火曜日の夕方四時頃だった。アパート前の公園に本を積んだ車が停車していた。

引っ越しから、かれこれ六年が経とうとしていた。懐かしい自動車文庫との再会だった。

めぐりんを見つけたとき同様、あのときも節子は棒立ちになり、木立の陰から目を凝らした。自動車文庫のまわりには近隣の子どもたちや女性、お年寄りが集まり、貸し出しカウンターである長机が設置されていた。

「どうしたの、ぼんやり突っ立って」

声をかけられ振り向くと、大家さんが箒(ほうき)を片手に立っていた。

節子はあわてて「初めて見たもので」と言った。

「自動車文庫が来るんですね」

「そうだけど。知らなかったの？」

「ずっと月曜日のお休みだったもので」

「ああ。お休みが変わったんだっけ。火曜日になったならちょうどいいんじゃないの」

「大家さんも利用されてるんですか？」

「あたしはダメよ。活字は苦手だもん。あんたは本を読むと言ってなかった？」

休日の過ごし方を聞かれ、そう答えたかもしれない。

「早くしないと行っちゃうよ」

背中を押されるようにして公園の中に入り、なぜか気恥ずかしさと共に歩み寄った。ぐるりと棚を見てまわり、貸し出し票を作るための用紙をもらった。

次の巡回日は三週間後。利用するための票を作ってもらい、目についた小説やエッセイを借りた。返却する手間はあるが、アパートのすぐ前なので雨風の日も寄りやすい。

自動車文庫にやってくる同年代の女性は、子どものいる主婦ばかりで、顔が合えば会釈くらいはするが言葉を交わすことはなかった。「あの人だれ？」「さあ」「アパートの人みたいよ」といったひそひそ話で終わり、関心を持たれないのは助かった。大人ではなく、いつしか子どもとは言葉を交わすようになった。

ほとんどの子どもは母親と一緒だが、男の子ばかりの三兄弟がいて、いつも三人で行動している。一番上が小学校二年生の八歳、真ん中が七歳、下が四歳だそうだ。上のふたりとは手の届かない本を取ってあげたり、タイトルの読み方を聞かれたりして顔見知りになった。下の子は本よりも滑り台や砂場で遊びたがり、お兄ちゃんたちから叱られるので、しばしば節子が付き合った。そんな弟のために必ず絵本も借りるお兄ちゃんたちだ。

あるとき自動車文庫が来る時間に夕立があり、三兄弟を心配して様子を見に行ったところ、公園の向こう側にある倉庫群の一角から泣き声が聞こえてきた。シャッターの下りた建物の短い軒下で、子どもたちがよけきれぬ雨に濡れていた。心細いのか末っ子は大泣きだ。傘はひとつきりしかない。上のお兄ちゃんが傘を差し、抱えている三人分の本を濡らすまいと必死の形相だ。

雨は止みそうもなかったので、節子は駆け寄り、持っていたビニール袋に本を入れてあげた。返却は引き受けるので自宅に帰るよう言ったが、真ん中の子がトイレに行きたいという。公園のトイレの方が自宅より近いそうだ。末っ子は泣いて節子にしがみつく。遠くから雷の音まで聞こえてきた。

お兄ちゃんの傘に真ん中の子を入れ、公園まで歩かせた。自分は末っ子と共にあとを追う。公園に着いたところで大家さんに出くわした。子どもたちをアパートの大家さんの部屋に連れて行くという。節子は本を返しに行き、その足で一階にある大家さん宅に寄った。三人は着替えの真っ最中だった。

手伝ってと言われて部屋にあがり、濡れた服を片づけて、下の子の髪を拭いてやった。乾いた子ども服があったので不思議に思ったところ、兄弟と大家さんは前からの知り合いだそうで、今までもちょくちょく部屋に来ていたという。

「親が忙しくしてるから、ときどき預かってるのよ」

それを聞いて節子にも思い当たるふしがあった。仕事帰りに階段を上がっていると、大家さんの部屋から子どもの話し声が漏れ聞こえた。自分の休日に出入りする小さな姿も見かけた。大家さん自身は十数年前に旦那さんを亡くし、子どももいないので自由な独り身と言っていた。アパートに住んでいる子なのだろうと漠然と思っていた。

その日をきっかけに、節子と子どもたちの距離は縮まった。自動車文庫の来る火曜日には大家さんの部屋に寄り、本を読んであげることもあったし、宿題を見てあげることもあった。男の子たちは最初のうちこそ多少の遠慮があったものの、すぐに地を出し、気まぐれでやかましくて疲れ知らずだ。

節子も優しいお姉さんを早々に取り下げた。気まぐれには振り回されず、やかましいときはやかましいと注意し、トランプにも双六にも本気を出し、疲れたら二階の自室にこもってしまう。子どもがひとり増えたみたいだと大家さんにからかわれ、あんたが笑うところを初めて見たとも言われた。

三兄弟は節子の仕事や家族、友人たちとはなんの接点もなく、同じ町内といえど住まいも離れている。ある意味、金貸しの老婆やフランス革命と変わらない。年齢からしてちがいすぎるので、比べて劣等感に苛まれることもなく、なくしたものを思い出すこともない。相手の目に自分がどう映るのか無頓着でいられる。

その上で、本にないものが子どもたちにはあった。拗ねたり甘えたり目を輝かせたり寂しげにうつむいたり。生身の反応を見せてくれる。

3

公民館の駐車場でめぐりん号を見つけてから、節子は二週間後の木曜日を意識するようになった。晴れたら散歩がてら行ってみようか。久しぶりに歴史小説でも読んでみようか。単行本なら活字も大きい。カードを作って、バーコードを読んでもらおうか。

カレンダーに印をつけて木曜日を忘れず、薄曇りの中を節子は出かけた。今日は手提げ袋も大きめだ。

教えてもらった時間を少し過ぎた頃に行くと、本バスはすでに停車していた。利用者に混じって係のふたりの姿も見える。歩み寄ると気づいて、こんにちはと声をかけてくれた。

「あら、こんなところにクリスマスの絵本が」
三兄弟を思い出して児童書コーナーを眺めていると、横長の絵本が並んだ中に一冊だけ縦長の絵本が混じっていた。引き抜いてみれば、節子もよく知る二匹が描かれている。『ぐりとぐらのおきゃくさま』だ。
節子の声が聞こえたようで、近くにいたテルさんがやってきた。
「クリスマスの本がありましたか」
「人気シリーズの一冊ですものね。常備しているのかしら」
季節外れであることを指摘したかったわけではない。取りなすように明るく節子は言った
が、テルさんは渋い顔になる。
「これから夏に向かうので、やはり季節違いですよね。しばらく棚から外し、冬になってか
ら再登場した方が目を引くんじゃないかな。あとで相談します」
『ぐりとぐらのおきゃくさま』は表紙にクリスマスツリーの描かれた、冬を舞台にした話だ。
節子は素朴で温かみのある優しいタッチの絵を、ほのぼのとした思いで見つめた。
「私にとっては懐かしい本です。この前、自動車文庫の話をしましたよね。私自身が子ども
だった頃、野を越え山越えやってきたと。そのあと三十代になってからも、別の場所で自動
車文庫に遭遇したんです。私も、子どもたちも、よく借りていました。この絵本もあったよ
うな気がします。当時は狭いアパート住まいだったのでツリーを飾れず、模造紙を買ってき

て、絵本を見ながらモミの木を描きました。けっこう受けたんですよ」
「模造紙。久しぶりにその言葉を聞きました。クリスマス会ですか」
「ええ。まさに」

子どもたちと親しくなった年の冬、言い出したのは大家さんだ。クリスマス会ってのをやろうよ。鶏の焼いたのやケーキを買って。あんたんとこの売れ残りでいいわ。子どもたちは喜ぶよ。どうせそんなのやらないんだから。ジュースで乾杯しよう。楽しくパーッとね。パーッと。

その頃には子どもたちの母親が病気で亡くなったことを聞かされていた。公園で耳打ちする人がいたのだ。

大家さんはチキンやケーキの安くなる二十五日でいいと言ったが、節子はクリスマスイブにあたる二十四日に休みをもらった。スーパーで働くようになってから丸六年。土日はもちろん盆も正月も出続けていた節子が、初めて繁忙期に願い出た休日だ。まわりはぽかんとした顔で了解した。驚きのあまり突っぱねそこねたのだろう。すぐさま男ができたと噂されたが、たしかにできた。三人も。

当日はコンロひとつのキッチンで腕を振るい、シチューやサンドイッチを作った。模造紙に描いたツリーを大家さん宅の襖に貼り、その大家さんはラジカセを借りてきてクリスマスソングを流した。子どもたちは夕方と言ったのに昼過ぎからやってきて、手伝いと称して邪魔ばかり。

節子が部屋から料理を運んでいると、独り暮らしの老人と髪を茶色に染めた女性にばったり出会った。大家さんは「暇ならおいで」と手招きし、ふたりは照れ笑いと共に大家さんの部屋に吸い込まれる。それを見て、ジャガイモ料理や蒸しパンを追加した。総菜作りで鍛えた腕の見せどころだ。

茶髪の女性は途中でカメラを持ってきてくれて、フィルムがなくなるまで写真を撮った。後日もらった数枚は、思い出の箱の中に今もだいじにしまってある。大家さんはこのときの一枚を、のちのち遺影に使った。遺言だったそうだ。

歌にゲームにご馳走にと楽しい会が終わり、やがて新年の松飾りも取れた頃、三兄弟の父親が挨拶に訪れた。菓子折を持参し、いつもお世話になっておりますと深く頭を下げる。その顔を見て節子は驚いた。六年前、みどりハイツを紹介してくれた不動産屋の男性だ。

彼も学生時代にみどりハイツに住んでいたという。六年前の節子は離婚したばかりで生きる意欲を失っていた。実家の家族が悲しむので馬鹿なまねはできないが、心は何度も折れかかっていた。彼はそんな危うさを感じ取り、何かと面倒見のいい大家さんのところに連れてきたのだ。

その頃の男性はおそらく家族と幸せに暮らしていたのだろう。六年前ならば上の子が二歳のときだ。次男は一歳か。やがて三人目も生まれ、賑やかで明るい家庭が築かれていたにちがいない。それなのに小さな子ども三人を残し、奥さんは病気で亡くなった。予想だにしない不幸に見舞われたのだ。

「お子さんたち、ひとりひとりに個性があって、一緒にいると元気がもらえるんですよ」

「元気がありすぎて、がさつでうるさいでしょう？　ご迷惑をかけているんじゃないですか」

「そんなことはありません。発想がユニークで新鮮で、笑ってしまうことがたびたびです」

「今日、ご挨拶に行くと話したら、きちんとしっかり心を込めてお礼をするようにと、しつこく言われました。永山さんは面白くて楽しくて、おやつもご飯も美味しいそうです。ああ、すみません。ほんとうにお世話になっています。食費だって馬鹿になりませんよね」

「大したものは作っていませんから」

「絵本の読み聞かせも上手で、三人とも引き込まれると言ってました」

不動産屋の男性はそう言って微笑んだ。明るく話してはいるが、痩せて顔色が悪く、髪はぼさぼさだ。火曜日が節子の休みと知り足を運んでくれたようだが、挨拶のあと、仕事にとんぼ返りらしい。そして家に帰れば家事は山積みだ。子どもたちの祖父母や伯母が手伝いに来てくれるようだが、あくまでも手伝い。食事の世話、掃除洗濯、風呂に加え、保護者としてやるべきことも多いだろう。

「また遊びに来るよう言ってください。火曜日ならいつでもかまわないので。斉藤さんも休みを作って休んでください。身体は大事ですよ」

余計なお世話を承知で言うと、相手は少し驚いた顔をしてからうなずいた。

「ありがとうございます。年末年始を乗り越えたので、たぶんこれからはましになると思います」

スーパーも忙しかったでしょうと労われ、節子も苦笑いを浮かべた。入居したときと同じ職場だと聞いているらしい。お互いに無理はしないようにと言って別れ、数ヶ月に一度、顔を合わせるかどうかの付き合いが続いた。子どもを通じてなんとなく様子は聞いていたが、仕事はずっと忙しかったようだ。

アパートの住人の中では、クリスマス会で写真を撮ってくれた女性が結婚すると部屋を引き払った。ささやかな送別会を開き、節子は『ぼくを探しに』という絵本を贈った。丸い円形の「ぼく」が欠けているかけらを探しまわり、やっとぴったりのかけらを見つけるものの、最後はそれを外してまた探索の旅に出る。哲学的示唆に富んだ世界的な名著だ。

以前、三兄弟の末っ子が読んでいるのを見て、「これくらいなら私にも描ける」と彼女は不満顔だった。たしかに白い背景に黒いサインペンで、さらりと描いたようなシンプルな絵柄だ。節子は否定も肯定もしなかったが、あとになって「あの絵本はすごいのかもね」と彼女に言われた。最後まで読んだらしい。

それきりになっていたが思い出してプレゼントに選ぶと、受け取った彼女は神妙な面持ちになった。結婚する女性にふさわしい本ではなかったかもしれない。冷や汗をかいていると、彼女はマニキュアを落とした指先で表紙を優しく撫で、大事にすると言ってくれた。

節子は総菜売場からサービスカウンターに異動になり、お客さんからの問い合わせや苦情に対処しつつ、お歳暮やお中元の売場も任された。パートから契約社員へと雇用形態がかわり、昇給やボーナスの支給も受けられるようになった。

そんなある日、子どもたちに出会って三年、不動産屋の斉藤が挨拶に来て二年が経つ頃、彼から話があると言われた。

大家さんが子どもを預かってくれたので、二階の節子の部屋にあがってもらった。

話の内容は察しがついていた。彼の勤める不動産屋は家族経営の小さな会社だ。店の入っている雑居ビルの取り壊しが決まり、どうなるんだろうねと大家さんも噂していた。社長が高齢で跡継ぎもなく、廃業もありうるというのはスーパーの同僚から聞いた。

斉藤の話によれば噂は本決まりとなり、彼は転職先を探さなければならなくなった。

「社長はちゃんと世話すると言ってくれるんですが、子どものことがあるので、それを含めて受け容れてくれるところでないと続けられません。なので思い切って、事情をよく知る親戚の誘いに乗ってみようかと」

「誘い?」

「母方の叔父が神奈川県で不動産屋をやっているんです。そこもまた町の小さな不動産屋なんですけど、今のところに比べれば経営状態は良く、支店もいくつか出しています。来てくれるなら待遇面は保証すると言われて」

「神奈川県」

ぼんやりと栃木県内を想像していた。転職して住まいを変えるにしても、小山市内や宇都宮市内のような気がしていた。

「遠いですね」

決まってしまえばもう会えなくなる。子どもたちとの別れを意味する。長男の一志。次男の幸哉。三男の隆太。かずくん、ゆっきー。りゅうちゃん。どれほど呼びかけてきただろう。

あの子たちの成長をこの先見ることはできない。

「すみません。なんだかちょっと寂しくて」

涙が出そうになり、あわててうつむいて目を瞬いた。

「子どもだからきっとすぐに慣れますね。おばあちゃんたちもいらっしゃるんですか」

「いいえ。私と子ども三人です」

「そうなんですか。でもみんなもう大きくなったから、これから自分のことは自分でできるようになって、斉藤さんを助けてくれるようにもなりますね」

子どもに泣き顔は見せられない。不安がらせてしまうから。笑って見送らなくては。大丈夫。心配しなくていい。元気でね。お父さんを助けて兄弟仲良くね。そんな言葉で明るく手を振る。

できるだろうか。また寂しくなる。ここに引っ越してきた頃よりも、もっとずっと。

「一緒に行きませんか」

不意に言われた。

「神奈川県の大和というところです。腕白(わんぱく)盛りの男の子が三人もいて、苦労ばかりかけてしまうと思います。でも永山さんとは別れがたいです。私もですが、子ども三人も」

自分よりひとつ年上の、一重まぶたで鼻筋が細くて唇も薄い淡泊(たんぱく)な顔立ちの男を、節子は小さな座卓を挟んで見つめた。彼には一生添い遂げるつもりの女性がいた。今でも心を寄せているだろう。三人の子どもたちも一番そばにいてほしいのは実の母親だ。彼らには節子の立ち入れない聖域がある。これからも永遠にそれを持ち続ける。

切ない気もするが、節子にも心に開いた穴がある。未だに引きずりくよくよしている。その穴を、子どもたちや斉藤に埋めてほしいと思っているだろうか。彼らがいれば寂しくないと、期待を寄せているだろうか。

ちがうだろう。彼らがいても寂しいときはあり、埋められない穴をのぞき込んでしまうときはある。彼らもだ。互いに哀しい聖域や空洞を抱え続ける。

それなのになぜ、そばにいたいと思うのだろう。なぜ離れがたいのだろう。

＊

「斉藤さん」

名前を呼ばれて顔を向けると、ウメちゃんが新しくできたカードを渡してくれた。バーコードと種川市のマークがついている。申請書類をファイルにしまいながら、彼女がちらりと住所を見たような気がしたので節子は言った。

「引っ越してきたばかりで、このあたりのことはよくわからなくて。イノセ造園という大きな植木屋さんのすぐそばなんですよ」

ウメちゃんの顔つきがパッと変わった。

「そこ知ってます。高校時代の同級生の家です。遊びに行ったことがありますよ。広い敷地に売り物の庭木やベンチ、石灯籠（いしどうろう）なんかがあるんですよね」

「ええ、そう。あなたの同級生なら、ご主人のお孫さんね」

「はい。私が行ったときには曾（ひい）お祖父ちゃんもいました。故郷からもってきた立派な木、ヒバの話をしてくれました。今でもきっとありますね」

「立派な樹木なら敷地のはじっこにあるわ。うちの縁側からもよく見える」

いいですねえとウメちゃんはくったくなく微笑む。その笑みにつられ、話を続けてしまった。利用客は各自で本を選んでいるので、もう少しいいだろうか。

「今住んでいるのは亡くなった主人が住みたがっていた家なの。イノセさんに頼んでいたらしい。昨年の秋に、空き家になったからどうぞと連絡があって」

「ご主人、亡くなったんですか。残念ですね。斉藤さんと一緒に引っ越したかったんでしょうに」

「ありがとう。でも不思議なのよね。どうしてあの家なのか。イノセさんからの連絡がある前に亡くなってしまったから、聞かずじまいで未だにわからない。謎だわ」

ウメちゃんは真剣な顔で首をひねり腕を組んだ。

「イノセ造園の人とご主人は知り合いだったんですよね？」

「ええ。うちの人は大和市で不動産業をやってたの。種川市でも仕事をしていたから、その関係でご縁があったみたい。でもイノセさんにしても理由は知らないんですって。他にも持っている借家はあるのに、うちの人はその中の一軒だけにこだわって、いつか空いたら知らせてほしいと頼んでいたらしい」

「特徴があるんですか？」

節子は首を横に振った。

「ふつうの古い平屋よ」

「でも縁側があって、イノセさんの樹木が見えるなら、眺めは良さそうですね」

「それは、まあ。南斜面の上にあるから、樹が茂っていても日陰にならないし」

話だけ聞けば良い住まいになるのだろう。「でも」と、節子は心の中でため息をつく。それをテルさんに気づかれた。

「ちがっていたら申し訳ないんですけど、その家への引っ越し、あまり気が進まなかったようですね」

「ごめんなさい。種川市がどうのこうのではないの。前は大和市に住んでいたんだけど、今年の春までに借りてた家から出なければならなくなって、近くのアパートを適当に探すつもりだったわ。そしたらイノセさんから連絡があったの。忘れずに声をかけてくれたのはありがたいけど、お断りしようと思ってた。種川市はまったく知らない土地だもの。なのに去年の暮れになって、息子たちが突然あそこがいい、あそこに住むべきだと言い出して」

　三人の顔が順繰りに浮かぶ。長男は今、四十五歳。大学を出て生命保険会社に就職し、横浜市内に住んでいる。仕事が順調かどうかは知らないが、趣味でやっていたチェロに熱を上げて、今ではアマチュア楽団の責任者だ。会場がどうの、演目がどうの、チケットがどうのと年がら年中あわただしい。結婚するひまもないらしい。

　次男は造形美術の専門学校を出たのちデザイン事務所に入り、同業者の女性と結婚した。奥さんと共に三十代で独立。この女性が大の犬好きで、犬のために庭付きの広い家を求め、平塚（ひらつか）市の郊外に住んでいる。子どもはいないが飼い犬は何匹もいる。

末っ子は美容師になった。十年前に同級生の女の子と結婚して厚木市に住み、長女、そのあと次女ができた。賑やかになったねと話していたところ、二年前に双子の女の子が生まれた。自分は三兄弟だったのに子どもは四姉妹だ。節子も手伝いに駆り出され、ばたばたしているうちに年が明け、種川市に引っ越してきてしまった。双子は保育園に入れたのでこの春からやっと一段落。先日は上のふたりにお揃いの服を縫って送ってあげた。夏までに下ふたりのも縫わなくては。

節子が種川市への転居に難色を示すと、生まれ故郷の栃木に帰りたいのかと子どもたちに聞かれた。そういうわけではない。両親は他界し、弟妹もおじいさんおばあさんだ。

その妹から先日、元夫の近況を聞いた。知り合いの嫁ぎ先が元夫の身内だったらしい。節子の離婚の原因は、夫の浮気相手に子どもができたからだ。けれどその妊娠は女性のついた嘘だった。節子との離婚後にわかり、再婚は白紙になった。そこまでは風の噂で知っていたけれど、元夫はしばらく独身で通した後、四十歳を過ぎてからひとまわり年上の女性と再婚したそうだ。

お姉ちゃんにすまないと思っていたんじゃないかと妹は言ったが、ちがうと思う。一度もなんの連絡もなかった。彼は彼で、思い通りにならない人生を、彼なりにもがきながら歩いているのだろう。

＊

「ご主人は本を読まれる人だったのですか」

テルさんに尋(たず)ねられ、現実に戻された。自分にとって「夫」と呼べる存在は斉藤だけだ。

「残念ながらあんまり。出会ったときから仕事が忙しくて。子どもたちには自動車文庫をすすめていたので、読みたい気持ちはあったと思いますけど」

「斉藤さんが読まれることについては何かおっしゃっていましたか」

「さあ。いいねとは言ってくれました」

「奥さんの愛読書をご存じだったでしょうか」

節子の脳裏に『あしながおじさん』がよぎる。あの本の話をしたことはあっただろうか。

「どうでしょうね。子どもがいたので、子ども向けの本の話はしたかもしれません」

テルさんは待っててくださいと、めぐりんの棚へと向かった。そこにちょうど利用者がやってきて、本を探したり貸し出しの手続きをしたりが始まる。待つのはかまわなかったので、ぶらぶら棚を眺めていると、テルさんが本を片手にやってきた。

「お待たせしてすみません。さっきの話の続きです。これを見てください」

節子だけでなく、作業を終えたウメちゃんものぞきこむ。

テルさんが見せてくれたのは樹木の図鑑だった。

「植木屋さん……イノセ造園さんでしたっけ。ヒバの木があるそうですね」

ウメちゃんがそうですすと元気よく答える。

「友だちの曾お祖父さんが植えたみたいですよ」

「だったらその人は青森の出身だったんじゃないかな。ヒバは地域によっていろんな呼び方があるんですよ。私もこの仕事を始めてから知りました。山歩きが趣味の人がいて、木の名前に詳しいんです」

テルさんはページを開いて左側にある細かい活字を指差す。節子は手提げ袋から取り出した老眼鏡をかけた。葉っぱの写真の下に注釈が書かれている。なるほど「青森ではヒバ」「秋田ではツガルヒノキ」「岩手ではクマサキ」と呼ばれているらしい。

馴染(なじ)みのない名前だと思いながら視線をあげると、このページそのものの見出しが目に入った。

「アスナロ？」

「そうなんですよ。ヒバはアスナロの別名。つまりイノセ造園の庭に植わっている木は、アスナロだと思います」

「縁側から見えるあれが？」

知らなかった。そもそも木の名前などろくに知らない。でも本の中にはしばしば植物が登場する。井上靖が書いた昭和の名作にも。子どもの頃、母に頼まれてあらすじを教えたときも「へえ。あすなろって木の名前なの」と驚かれた。その後、伯母が主宰する読書会のために、母娘で感想を考えたものだ。あの本は、残念ながら男の子三人には不評だった。「厚くて読めない」「絵が少ない」「名探偵が出てくるのがいい」、だそうだ。

夫も読んでなかったのだろう。亡くなる少し前に交わしたやりとりを思い出す。

その頃すでに入院していたので、病室の窓から見える雑木林を指差し、「あの中の一本をあすなろの木と思うことにしているんだ」と言った。「せっちゃんが子どもの頃に好きだった本、『あすなろ物語』だろ。それに出てくる木だ」と、したり顔になった。

節子が好きだった本は他にもあり、同時代ならば『路傍の石』や『走れメロス』の方が心に響いた。けれど珍しく夫が生き生きと語るので自分も微笑んだ。

それを見て夫は、「あすなろって明日は成ろうという意味なんだったね。希望をなくさず明日こそはと、前向きに思う気持ちを表した名前。だから記念樹として植える人もいるらしいよ」と話した。

たしかに『あすなろ物語』の中では、あすなろの木を擬人化し、明日は檜（ひのき）になろうと願い続けているふうに描かれている。成長していく主人公に示唆を与え、シンボル的な役割を担うのだ。けれど別の文学作品では、「明日は檜に明日は檜に」と言い続け、まわりから冷笑される老木として書かれているらしい。高校時代に受講した文学講座で聞いた。そもそも

「明日は檜に」「明日はなろう」が、「あすなろ」の名前の由来というのは俗説だそうだ。

そんな、どこからか聞きかじった蘊蓄（うんちく）が節子の脳裏をかすめたが、病に臥せる夫に言ってなんになる。白い壁に囲まれた病室から遠くの木々を見て、気持ちが慰められるならこんないいことはない。今日より明日の方が体調が良くなると、節子だって信じたい。

「ご主人はイノセさんのところに生えている木が、アスナロだと知っていたのではないですか。奥さんの愛読書のタイトルになっている木ですよね」

テルさんも夫と同じく自分の好きな本を誤解しているようだが、訂正せずに別のことを口にする。

「私の愛読書を思い、あの家に住もうと？」

まさかと笑おうとした。でも、もしかしたらと想像してしまう。夫は種明かしをするように庭から木を指差し、得意げに木の名前を告げようとしたのではないか。せっちゃんの好きな本に出てくる木だよと。

おめでたい空想であったとしても、アスナロはふたりの思い出の木だ。そのそばに建つ家に手招きしてくれたなら、現金だけど今までの印象が変わってしまいそう。

「今度、息子たちに聞いてみます。何か知っているかしら。いいえ、ダメですね。きっと知りません。男同士って話がぜんぜん通じてないでしょ。いつもてんでんバラバラなことを言っていて」

「その息子さんたちですが、家を見に来たのは去年の暮れと言いませんでしたか」

「はい。お父さんが頼んだ家ならば、断る前に一度くらいは見なくちゃと、出かけたみたいです。それからですよ。にわかに、あそこはいい、絶対に住むべきだと言い出して」

「斉藤さん、こっちのページにあすなろの木の全体の写真が載っているんですけれど、見てください」

テルさんは別のページを開いて指差した。

「モミの木に似てませんか。雪が積もったら、クリスマスツリーみたいですよ」

言われてみればたしかに、濃い緑の葉をびっしり茂らせ、シルエットはきれいな三角形だ。だからといって去年の十二月に積もるような雪は降っていないはず。

ウメちゃんが「そうですよ」と大きな声を出した。

「イノセさんとこのヒバの木、あすなろの木でしたっけ、十二月になると電飾をつけてクリスマスツリーになるんです。派手なピカピカではないから知る人ぞ知るなんですけど、まわりの木々が森の暗がりを作ってくれて、それはもう厳か（おごそ）かな聖夜の雰囲気がかもし出されるんですよ」

節子の手の中で、ぐりとぐらの絵本が揺れた。あの子たちは父のこだわった平屋を訪ね、何を見たのだろう。

クリスマスは何度もめぐってきた。それこそアパートの大家さん宅で、飛び入りを交え開いたパーティのあとも、何度も何度も。

けれど人生の中で一番思い出に残るクリスマスはやはりあの日だ。勤め先から買ってきたチキンを温め、シチューを作り、襖にツリーを描いた模造紙を貼って、ラジカセから流れるクリスマスソングをみんなで歌った。

自分はひとりではないのだと、そばにいてくれる人がいるのだと、思うことのできた一日だった。自分がしたことで誰かが笑顔になってくれるという喜びは、生きていく上での励みにもなった。

あの子たちはそれを知っているのだろうか。だから、すすめてくれたのだろうか。あの子たちにとっても、三十七年前のクリスマスは心に残るものだったのだろうか。

いつか聞いてみよう。その「いつか」はきっと今年の十二月。言わなくても押しかけてくるような気がする。ほらほらあれねと、自分が見つけたような顔をして。綺麗でしょうと、自分が飾ったような顔をして。煌めく星をのせた木に、模造紙のツリーを重ね合わせるのは節子の他にもいるだろうか。

「これ、借りていくわ」

節子は貸し出しコーナーに四冊の本を置いた。ぐりとぐらの絵本と植物図鑑とひとり暮らしの料理本と、ウメちゃんのすすめる最近の本。

借りた本を提げてしばらく歩き、振り返るとめぐりんが日の光を浴びて、ふっくら膨らんで見えた。利用者が本を抜いたので棚のあちこちに隙間ができている。明日はそこにちがう本を差して町に出るのだろう。その本を初めて知り、手に取る人がいるのかもしれない。

かつて、節子はみどりハイツに住んでいた茶髪の女性に『ぼくを探しに』を贈った。あのラストを思い出す。不完全で欠けている部分があるからこそ新しい出会いがある。それは町かもしれないし、人かもしれない。仕事かもしれない。美味しい食べ物かもしれない。綺麗な花かもしれない。心躍る物語かもしれない。

欠けていてもいいんだよ。節子はそんなふうにあの本を読んだ。

めぐりんの棚にも二週間後、今日はなかった本が置いてある。この駐車場に、新しい出会いがやってくる。

昼下がりの見つけもの

1

踏み台の上で背伸びをして、天袋の奥まで目を凝らしたところで、優也は紙袋に気がついた。

壁に張り付くようにして立てかけられている。手を伸ばして引き寄せた。

探しているのは箱入りの掛け布団だった。もらいものが天袋にあると母に聞いたがタオル類しか出てこない。右側ではなく左側だろうか。そちらにも箱が見える。踏み台の位置をずらそうと思った矢先、紙袋に目が留まった。

ふたつ折りにした茶封筒だ。古い手紙か写真のネガだろうと思いながら手に取れば、固くてしっかりしている。本かもしれない。

中から取り出して表紙を見たとたん、優也は息をのんだ。

『二分間の冒険』、岡田淳の児童書だ。

緻密に描かれた恐竜と、剣を持った子どもたち。タイトル文字を載せた黄色いプレート。表紙はビニールコーティングされ、その下に「種川市立図書館」のシールが貼ってある。

なぜこの本がここにあるのだろう。

優也が図書館の本に親しんでいたのは小学生低学年の頃だ。家の近くに移動図書館がやってくるので頻繁に利用していた。二週間に一度の巡回日を心待ちにし、小学校から大急ぎで帰宅すると借りている本を袋に詰め、商店街の奥にあるステーションに向かった。

雨の日でも風の日でもスタッフは「こんにちは」と笑顔で迎えてくれた。返却コーナーで本を戻したあとは、毎回期待を持って本バスの棚に向き合う。カード一枚あればなんでも借りられる。背伸びをして難しい本を借り、結局読めなかったこともあるし、大きな図鑑を借りて鞄に入りきらなかったこともある。背表紙に惹かれて棚から引っ張り出したら、裸の女の人が表紙にあってびっくりしたこともある。さすがにあれは借りられなかった。

読めずに終わっても、つまらなくてがっかりしても、返却すればリセットできるのが図書館のいいところだ。親の意見もいらない。お小遣いも減らない。今日は何があるかな、どれにしようと、宝探しの気分で棚を見るのが楽しかった。

高学年になるにつれ勉強が忙しくなり、塾に通う日数も増えた。私立中学校に合格すれば、バスや電車を乗り継いでの通学が始まる。落ちこぼれないようにと発破をかけられ、予習復習に時間が取られる。

　本屋に立ち寄っても参考書の棚しか見なくなり、友だちと回し読むのも漫画や雑誌ばかり。学校の図書室にさえ足が向かず、受験勉強の最中は漫画も読まなくなった。

　やがて志望大学に入り、優也は二年生の春に親元を離れた。実家のある種川市西部の殿ヶ丘住宅は駅からバス便のみだ。何かと不自由で、都内のワンルームマンションを借りてもらい、就職後は二間ある賃貸住宅に移り住んだ。自分なりの自活の場だったのだが。

　この春、殿ヶ丘に戻ってきた。就職した会社に馴染めず退職し、転職先でもうまくいかずほんの数ヶ月で辞めた。さすがに気力が萎えて次の仕事を探す意欲を失ったが、ぼんやりしていても家賃や光熱費、食費がかかる。なけなしの貯金はどんどん減っていく。底を突く前になんとかしなくては。

　少ない選択肢の中から選んだのが実家へのUターンだった。

　二十七歳になる優也にとって、一度出た家に戻るのは気重なことだ。家族から意見されるのも、気を遣われるのもしんどいだけ。肩身の狭さを日々味わわなくてはならない。でも優也の両親たちはここ数年、生活の拠点を川崎市内のマンションに移していた。

　父方の祖父が亡くなり財産分与を受けたさい、小さいながらも交通の便の良い物件を購入したのだ。父にとっては格段に通勤時間が短縮され、母にしても習い事やボランティア活動に都合がよかったらしい。殿ヶ丘の家は家具や季節雑貨など荷物が多く、そのままにして月に二、三度帰ってくる。どちらが本宅かわからない状態だ。

優也が東京から引き揚げてきたときも、両親がいたのは引っ越し前後の数日間のみ。近隣の家に挨拶したあと、くれぐれもちらかさないようにと念を押してマンションに帰っていった。

それ以降、五十二坪の敷地に建つ５ＬＤＫの家にひとりで暮らしている。一階にはダイニングキッチンとリビングルームと和室があり、二階は両親の寝室と優也の部屋と、三つちがいの兄の部屋がある。兄は現在、立川市内で暮らしている。

八年前に大がかりなリフォームを終えているので、室内の壁床やキッチン、バスといった水回りは新しくなっていて、日常生活にはなんの不自由もない。気を遣う同居人もなく、これで留守番だけが役目ならば、悠々自適な毎日にのんびり突入できるのだが、実家に帰るにあたっては大きな目標があった。

資格の取得だ。二度も就職に躓いてしまい、もうあとがない。しっかり勉強して国家資格に挑戦する。掲げたのは難関として名高い税理士の資格だ。得られれば一生、仕事に困らないだろう。固い決意を聞いて両親は二つ返事で実家住まいを了承した。家賃も光熱費もいらないと言う。食料品や日用品を買ったとしても生活費は最小限ですむ。

頑張らねばならない。優也は自分を鼓舞し、リビングに私物を持ち込んだ。パソコンや雑誌、時計、マグカップ、上着。一日の大半を広々とした一階で過ごし、二階は寝るときだけ使う。気分転換になるよう、寝具類は一新することにした。もらいものが和室の天袋にあると聞き、踏み台を用意して探し始めた。

そして思いがけないものを見つけた。

どうしてこれがここにあるのだろう。

いつの間にか日が翳(かげ)り、室内が暗くなっていた。半袖のTシャツ一枚では肌寒い。五月とはそういう気候だ。和室を出てリビングに戻れば、昔からある茶色のソファーで、子どもの頃の自分が寝そべっているような気がした。手に持っているのは大好きな岡田淳の本。開いたページの間に落とさないよう気をつけながら、ベビースターラーメンを口の中に入れている。

2

翌日、優也は食料品の買い出しに、歩いて七、八分のところにある商店街に出かけた。殿ヶ丘住宅は丘陵(きゅうりょう)地帯に拓(ひら)けた分譲地で、種川駅からのバスが西回りでぐるりと巡回している。引っ越してきたのは小学校に上がる前で、高揚感は今でも覚えている。どの家も敷地が広くガレージや門扉にまで手入れが行き届き、その門扉や窓辺、庭先に季節ごとの花々が咲き誇っていた。整備された道路の両側に樹木が美しく茂っていた。

分譲地としてすでに落ち着いた雰囲気をかもし出しつつ、あの頃は子どもの数も多かった。分譲地内の小学校は一学年四クラスあり、放課後の習い事も盛んで、絵画やピアノ、英会話教室など、商店街の中だけでなく家々のそこかしこに看板が掲げられていた。中学校は分譲地の外にあるので、教育熱心な親たちは私立の受験を目指し、塾通いに熱を入れた。優也の母親もそのひとりだ。

時代的にはバブルが弾け景気も低迷していたはずだが、分譲地にはしゃれたレストランがオープンし、高級車が坂道を走り抜け、毛並みのふさふさした犬が散歩を楽しんでいた。ベーカリーから漂(ただよ)ういい匂いも、明るい木漏(こも)れ日も、どこからか聞こえてくるピアノの音色も、当たり前のように町並みに溶け込んでいた。

それが自分が大学に入った頃からだろうか。すっかり変わってしまった。東京暮らしが始まり、数ヶ月に一度戻るたびに活気が薄れていく。今の殿ヶ丘は人通りもまばら。空き地の草は伸び放題で、唯一のスーパーマーケットもなくなった。バスの本数は減らされ、公園はがらんとしている。

商店街にもシャッターを下ろした店舗が並び閑散としている。とばかり思っていたのに、一番奥の広場周辺がやけに賑(にぎ)わっている。歩み寄って優也は驚いた。

本バスが来ている。種川市の移動図書館で、愛称はたしか「めぐりん号」。

車体の両サイドを大きく持ち上げ、開口部には本の背表紙がびっしり並んでいる。後部にはタラップが設置され、車内に入ることができる。そこにも本棚があるはずだ。車の外には長机が置かれ、貸し出しコーナーと返却コーナーが設けられている。

さらにその奥、広場にパラソルを広げたテーブルがあり、思い思いの姿勢でくつろいでいる人たちがいた。甲高い声が聞こえてきたので目を向ければ、揃いのスモックを着た小さな子たちだ。木陰（こかげ）に集まっている。何をやっているのだろう。

ぼんやり眺（なが）めていると、紺色のエプロンをつけた若い女性が近くにいるのに気づいた。目が合ったとたん、「こんにちは」と声をかけられる。どう返していいのかわからず、曖昧（あいまい）な笑みと共につぶやいた。

「……本バスですね」

「はい」

「懐かしいです。めぐりん、まだ来てたんだ」

女性の顔に笑みが広がる。

「ご存じなんですね。来てますよ、ずっと」

「この近くに実家があるんです。子どもの頃はよく使ってたんですけど」

「子どもの頃？」

「小学生の頃だから今から十七、八年前。二十年でもいいのかもしれない」

「それはすごい。古参の域じゃないですか」

言われて思わずパラソルのテーブルを見た。くつろいでいるのは白髪頭に白い口髭、仙人のようなお年寄りだ。古参とはああいう人たちを指すのだろう。見慣れてくると知った顔があるような気がする。自分は小学生だったが先方は少しも変わっていない。やはり仙人だ。

「最近のことをご存じなかったらカフェも初めてでは？　分譲地の方が始められたんですよ」

女性に教えられて初めて気づいた。商店街の一番奥、角の建物にカフェの看板が下がっていた。広場にも面しているので、そちらのガラス戸が開けられ出入りが自由になっている。顔を向けたせいか、コーヒーのいい匂いが漂ってきた。

「知りませんでした。ああ、いい香りです。飲んでいこうかな」

「ぜひ。って、私はカフェの人間ではなく、めぐりんのスタッフなんですよ」

そのとき貸し出しコーナーから「ウメちゃん」と声がかかった。女性は「ではまた」と会釈を残し、呼ばれた方に駆け寄る。下の名前だろうか、苗字だろうか。ウメちゃんというらしい。

話しかけられたことで本バスにスムーズに近付けた。とても懐かしい。単行本や文庫、それより大判の料理書、旅行ガイドブック、英会話の本、写経やストレッチの本。移動図書館の車にはさまざまな本が載っている。

児童書の棚にかいけつゾロリシリーズを見つけて頬がゆるむ。奥付で初版の日付を見たところ、過去作ではなく最近に出た本らしい。今でもシリーズは続いているのか。

子ども向けの本は低い棚に置いてある。小さい頃は爪先立ちし、首を伸ばし、上にどんな本が置いてあるのか好奇心にかられたものだ。今では一番上の棚にすっと手が伸びる。ひとっ飛びで大人になってしまった気分だ。間の棚がそっくり自分のブランクを表しているようだ。

そんな優也の横で、エプロン姿の年配の男性が、しきりに「いい発想ですね」「素晴らしい」と感心していた。話し相手は女性の利用客で、本の話をしているらしい。なんの本だろう。

気になって目を凝らすと、タイトルは『安楽椅子探偵アーチー』とあった。聞いたことがない。もっともこの世は知らない本だらけだ。自分が遠ざかっている間に、どれだけの本が出版されただろう。

言葉は発しなかったが気配が伝わったのか、エプロンをつけた男性が振り向いた。優也を見るなりにこやかに微笑む。女性客も柔和な表情で、会話に入るのを歓迎してくれるように思える。

「すみません。素晴らしいと聞こえたんで、何かと思って」

「この本ですよ。『安楽椅子探偵』という言葉はご存じですか？」

男性に問われ、首を横に振った。

「推理小説にはそういうジャンルがあるそうです。安楽椅子に腰かけた人物が、訪れた人の話を聞くだけで、推理を働かせて謎を解決するんです。現場に出かけず捜査活動もせず、犯人をぴたりと当てるわけです」

なるほどとうなずく。男性は続ける。

「人気のジャンルでいろんな変形バージョンが出ているようですが、この本はなんと、しゃべる安楽椅子が登場し、探偵役を務めるんですよ」

「え?」

「アーチーとは椅子の名前で、安楽椅子の探偵アーチーが、さまざまな事件を解決する物語になっているんです」

女性が嬉しそうに優也に本を渡してくれた。手にとって表紙をよく見てみれば古びた木製の椅子が描かれている。傍(かたわ)らに小さな子どもがいて、肘掛け部分にもたれかかっている。

「この男の子がね、椅子に向かって身の回りで起きた不思議な出来事を話して聞かせるの。すると椅子がものをしゃべり、謎を解いてくれるのよ」

優也は俄然(がぜん)、表紙の子どもが羨(うらや)ましくなった。

「ぼくにも今、謎があるんです。安楽椅子探偵に解いてほしいです」

「あら、どんな?」

「十八年前、このステーションで図書館の本を借りました。ところが一冊なくしてしまい、後ろめたくて心苦しくて、ここに来られなくなったんです。そしたらつい昨日、その本を家の天袋で見つけました。なぜそこにあるのか、さっぱりわかりません」

「おうちの人が何かの間違えで置いてしまったんでしょう？」

「子どもの児童書を？」

ウメちゃんと呼ばれていた女性がいつのまにかそばにいて、もっと詳しく聞かせてほしいと言った。

優也にしても望むところだ。誰かに聞いてほしかった。

十八年前、優也が移動図書館から借りたのは四冊だった。児童書が三冊とポケット図鑑が一冊。

いつもは自分で返しに行くが、友だちに誘われ英会話教室のイベントを約束してしまった。当時、移動図書館が殿ヶ丘ステーションに来るのは水曜日の午後。母はエアロビクス教室に出かけてしまうので頼めない。でも父の休みが土曜日と水曜日で、ときどきは優也に付き合ってステーションに出かけ自分も本を借りていたので、返却を頼むと引き受けてくれた。

母の借りていたお菓子の本と父の本と優也の本と、合わせて計八冊がトートバッグに収まった。それを持って父はいつも通りにステーションに向かい、優也のリクエストに応じて別なんの問題もないはずだった。すでにバーコードが導入されていたので、返却も貸し出しもスムーズ。けれどそれから一週間ほどして、母が優也の貸し出し伝票を見て気づいた。返したはずの本が印字されている。

図書館の本を借りるときは、図書カードごとに借りた書名と返却予定日の記入されたレシートを渡される。覚え書きのようなものだ。それを見れば今現在、自分が何を借りているのか一目瞭然。つまり前の本の返却が完了していないということだ。

「図書館の本はどこかに紛れてしまわないよう、自分の部屋に置き場所を決めていました。そこから四冊をちゃんと渡したんですよ」

淹れたてのコーヒーがかすかに薫る、昔とはすっかり雰囲気を変えた本バスのステーションで、優也は過去のいきさつを話した。

「母も覚えていて、たしかに四冊受け取り、他の本と一緒にトートバッグにしまったと言ってくれました」

「そのバッグをお父さんが預かったんですね？」

年配のスタッフが落ち着いた口調で尋ねる。安楽椅子探偵の話をした人だ。

「はい。父がうっかり忘れないようにと、母は当日の朝、トートバッグを玄関に置いて出かけました。父はそれを持ってステーションに行き、係の人に全部渡したと言うんです。念のために調べたら両親の本は返却されていました」

「なかったのはあなたの一冊だけ？」

うなずいて唇を嚙む。

「用意されたのは八冊だったのに、ステーションで返却されたのは七冊だった。ということですね」

ウメちゃんと呼ばれていた若いスタッフが、気を遣うような口調で念を押す。

「当時も今のように返却コーナーとして長机を使っていたと思うんですよ。えっと……」

「勝又です。ぼくの名前なら」

「ありがとうございます。勝又さんのお父さん、係の者に手渡したんでしょうか。それとも机の上に置いていったんでしょうか」

「机に置いたみたいです。でもそこで何かあったとは思っていません。万が一、滑り落ちたとしてもスタッフは気づきますよね。置いてある本に手を出す利用者もいないと思う。近くにはだいたい何人かいて、変なことをしたら目立ちます」

「おうちの人もそう思ってくれたでしょうか」

これにも「はい」と返した。

「父も母も返却ミスとは考えていません。ステーションに着いたとき、すでにバッグの中身は七冊だったんだろうと。それで、家の中も周囲も探しまわりました。庭やガレージも。ぼくには三つ年上の兄がいるんですけど、ぼくとちがって体育会系で、返却したはずの日も朝早くからバスケ部の練習に出かけていました。帰宅も遅くて関係ないと思いつつ一応、兄にも確かめました。心当たりはなく、途中で家に帰ってもいないそうです。結局、どこを探しても本は出てこなかった」

そこまで話したところで貸し出しを頼む人や問い合わせがあって、エプロン姿のふたりはそちらに行ってしまった。優也はめぐりんが来ているとは知らず図書館カードを持ってこなかったので、棚を見るよりコーヒーを買いに行った。

ブレンドのホットを紙コップに入れてもらい、空いていたベンチに腰かける。貸し出しの行列が一段落したところで、木陰にいた子どもたちが一斉に本バスのまわりに集まった。すでに本を抱えている子は貸し出しコーナーに並び、先生らしき女性からカードを受け取りスタッフに差し出す。バーコードを読んでもらい、弾けるような笑顔をのぞかせる。

本を借りない子たちも、大人に誘導されてちゃんと広場の中にいる。仙人風のお年寄りたちとは顔見知りらしく、話しかけたり歌を披露したりと賑やかだ。

微笑ましい光景に目を細めていると、すらりとした男性に声をかけられた。仙人ほどの老人ではないが七十歳前後だろう。コーヒーカップのイラストが入ったエプロンをつけている。

「さっき、お話が少し耳に入りました。この分譲地の方ですよね。私もです」

四丁目と言われ、だいたいの場所がわかる。優也は一丁目に住んでいるので同じ分譲地といえど家は離れている。

「リタイアして、ここのカフェコーナーを切り盛りしつつ、本バスの世話人みたいなこともしてるんですよ」

男性は「三浦（みうら）」と名乗った。

「そうなんですか。さっそくコーヒーいただいています。美味（おい）しいです」

「ありがとうございます。ご贔屓（ひいき）に」

「本バスの世話人というのも初耳です。ぼくが小学校の頃は図書館のスタッフがもう少しいて、分譲地からの手伝いはいなかったような……」

「昔はもっと住民がいて本バスの利用者も多く、予備スタッフも同行していました。今では人が減り、このステーションも存続の危機に見舞われたんですよ」

たしかに目の前の光景は子どもの頃とずいぶん異なる。その理由にやっと思い至る。昔に比べて小学生が少なく、その親世代も少ない。多いのはお年寄りだ。小学生以下の小さな子どももかなりいて、木陰にシートを敷（し）き絵本を読んでもらっている。そんなコーナーも昔はなかった。

「これでも頑張って利用者を増やしているんです。もしよかったらまた来てください」

「そうですね。今日はカードを持ってこなかったので借りられないんですけど、次の巡回日には必ず持ってきます。前のカードでも大丈夫ですよね？」

「更新か再発行か、いずれかできると思いますよ」

三浦はそう言って本バスに戻っていった。エプロン姿の人たちと声を掛け合い、表に出ていたコンテナを片づけ始める。そろそろ撤収の時間らしい。てきぱきと動く姿は見ていて気持ちいい。同時に取り残された思いも味わう。作業している人たちが生き生きと感じられ、それが羨ましいのだと気づく。自分は何をやっているのだろう。こんな昼日中に。

コーヒーを飲み終えてから立ち上がると、あらかたの作業をすませたスタッフと目が合った。安楽椅子探偵について話した年配スタッフだ。

「さっきは話が途中までですみませんでした」

「いいえ。聞いてもらっただけでもありがたいです。ごく個人的な話なので」

「図書館本の紛失となったら、たとえ十数年前の出来事でもスタッフとして気になりますよ」

思わず優也は首を縮めた。

「なくしてしまってほんとうに申し訳ないです。図書館には事情を話して親が弁償しました」

「それは助かります。うやむやにされるのが一番困るので、きちんとしてくださったのならなんの問題もありません。ただ勝又さんがもやもやするのもよくわかります。あったはずのものがなくなって、探しても探しても出てこないって気分が悪いですよ。私も家でしょっちゅうやってます。諦めて買うと出てきたりするんですね。それも腹が立つけれど、とうとう見つからないものもあって、絶対におかしいですよ」

実感のこもった言葉に優也の心はほぐれた。

「ぼくの借りた四冊は、受け取ったと母が言ってくれたので責められずにすみました。でもあの頃は子どもだったのですごくこたえました」

「いったい何があったんでしょうね」

「どう考えても父が怪しいと、母からきつく締め上げられていました。ステーションに行く前にどこかに寄り道して、そこでなくしたにちがいないって」

「寄り道してたんですか？」

近くにいたウメちゃんが横入りする。三浦も聞き耳を立てている。

「分譲地内に公園もありますし、あの頃は今よりカフェや商店もありました。顔見知りもそれなりにいたはずです。でも父はどこにも寄ってないの一点張りで」

「それはちょっと怪しいですね」

ウメちゃんは名探偵のように腕組みしながら言う。

「ぼくもそう思いました。寄った先で何かあって、ちょっとした弾みでバッグから落ちたというのが一番ありえます。珍しい児童書ではなかったので、おかしな手を使ってまで欲しがる人はいないはず。ほんとうにささやかなちょっとした事故というか」

「本の大きさは？」

「偕成社の児童文庫です」

「それなら単行本より薄くて小さい。ビニールコーティングされているので、つるっと滑りやすいですね」

さすが本をよく知る人たちだ。話が早い。

「父は『知らない』『どこにも行ってない』をくり返し、最終的に弁償という形でケリがつきました。ぼくの貸し出しカードから未返却本の記録はなくなり、もう大丈夫、気にしなくていいと母に言われました。それきりです」

まるで何もなかったかのように日常に戻った。じっさい両親がその話を蒸し返したことはない。

「ところが今になって出てきたと？」

「はい」

「天袋の中でしたっけ。むき出しで？」

「茶封筒の中でした」

「まぎれたのではなく、誰かが置いたとしか思えませんね」

優也はうなずく。気づかれにくい場所にわざと隠したのではないか。

「問題はいつ誰がどうしてそこに置いたのか。解き明かしてほしいんです。さっきそこで話のあった安楽椅子探偵のように」

「いいですね。アーチーならぬテルさん、お願いします」

ウメちゃんが年配スタッフに笑いかける。こちらはテルさんというらしい。

そのテルさんが神妙な面持ちで口を開く。

「天袋から見つかった本について、ご両親はなんと言っているんですか」

「まだ話せてないんです。今は離れたところに住んでいて、父は海外に出張中なので、まずは母に電話したんですけど、昨日は忙しかったらしく、急ぎの用でないなら明日と言われてしまいました。今日、かけ直します」

「もしよかったら、次の巡回日にまた聞かせてください」

時間を取ってしまい申し訳なかったが、またと言われて心が軽くなった。

子どもの頃も探偵の活躍する本を読んでいた。講談社の青い鳥文庫やポプラ社のポケット文庫を思い出しながら、三浦たちと共にステーションを出発する本バスを見送った。

その後、ひとりになって商店街を引き揚げようとすると、中年の女性がすっと隣に寄ってきた。

「あなた、勝又さんのところのお子さんだったのね」

誰かと思って顔を見ると、テルさんと一緒に『安楽椅子探偵アーチー』の話をしていた人だ。足を止める気配はないので歩きながら話す。

「もうこんなに大きくなったなんて。子どもの成長は早いわねえ」

近所の人だろうか。

「それでなんだけど、さっきのなくなった本が出てきた話、外ではしない方がいいわよ」

驚いて目を瞬(しばたた)く。女性はちらちらとまわりを気にするそぶりを見せる。

「誰が聞いてるかわからないでしょ。気をつけなきゃダメよ。私からの忠告。じゃあね」

待ってくださいと引き留めるひまもなかった。

本がなくなったのは十八年も前のことだ。ごく内輪の、おそらくは家庭内の話。なぜ「外」で話してはいけないのだろう。気をつけるべき誰がいると言うのだ。

途方に暮れながら優也はすっかり様変わりした商店街を歩いた。

3

その日の夜、母に電話をした。十八年前になくなったはずの図書館の本が見つかった。知っていることはあるかと尋ねただけなのに、「岡田淳のあの本」と話が通じたとたん、明らかに機嫌が悪くなった。

もう済んだことだと尖った声を出され、天袋から出てきたことを報告するとしばらく言葉がない。そのあとほんとうなのかと繰り返し、なぜどうしてとまくしたてる。おまけに見つけた場所を聞きまちがえて、二階のロフトだと思ったらしい。話が嚙み合わず苦労した。本が入れてあった袋についても根掘り葉掘り聞かれた。

こちらの聞きたいこと、心当たりについてはまったくないと言う。それで片づけられてはたまらないので、当時の状況を詳しく聞かせてほしいと粘った。弁償という形で片がついたが、その前に何があったのか。父は寄り道をしていなかったのか。包み隠さず話してほしい。しつこく食い下がると、ようやくため息交じりに口を開く。子どもには黙っていたが、母の知り合いから情報がもたらされたそうだ。分譲地内のよその家に入って行く父を見かけた人がいた。

だったら本はその家から見つかったのか。勢い込んで尋ねると、なかったと母は言う。父の寄り道をたしなめつつ改めていろいろ探したが見つからず、夫婦で相談の上、弁償することにした。今になってあったと言われても、訝しむことしかできないそうだ。

納得したわけではないが、母からこれ以上聞き出すのは難しい気がした。次は父と心に決め電話を切ろうとすると、「パパには私から聞いておく」と先手を打たれた。今現在、父は東南アジアに出張中で、大事な打ち合わせが続いているそうだ。つまらないことで煩わせてはいけない。タイミングを見て聞いてあげるから待ちなさいと子ども扱いされた。

つまらないと言われ腹が立つが、母との会話を終わらせたい一心でぶっきらぼうに返した。

「わかった。聞いといてよ」

うなずく気配のあと、こう言われた。

「今の話、誰にもしてないでしょうね」

「は？」

「本の話よ。よその人に絶対しゃべらないでよ」

「どうして」

「そんなの決まってるでしょ。昔のことだし、家の中の話よ。外に聞かせることじゃない。くれぐれも気をつけてよ」

いいわねと凄みを利かせてから電話は切れた。


母は昔から強引で言い出したら聞かないところはあった。よく言えば明るく活動的で友だちも多く、学校のPTA活動やバザーなどでは中心的な役割を担う。今も積極的に何かしらの役員をやっているはずだ。

父は母よりひとつ年下で、そのせいもあるのか勝又家で主導権を握るのはいつも母だ。休日のプランから部屋の模様替え、子どもの教育方針に至るまで母が提案し、父は多少の異議を唱えるものの、基本的に「そうだね」と賛同する。一緒になって動くのだから、父もそこそこ活動的で社交家なのだろう。

子どもはどちらにも似なかった。兄は構われるのが嫌いなバスケ少年で、ひとり黙々と部活に励み、自分は本を読んだり音楽を聴いたりが好きなインドアタイプ。

母にしてみれば手の掛けようもなく、たびたび育て甲斐がないとぼやいたが、勉強に関しては兄弟ともに頑張ったので帳消しにしてほしい。どちらも進学校を経て名のある大学に入った。残念ながら就職はうまくいかなかったけれど。


収穫がないばかりか、不愉快な思いだけした母への電話から数日後、優也は買い物の帰りに呼び止められた。商店街の外れにあるパン屋を出て、少し歩いたところだった。

「ねえ、あなた」と後ろから声をかけられても、まさか自分のことだとは思わない。「勝又さんとこの」とさらに苗字を呼ばれて振り向いた。

白髪頭のおばあさんが立っていた。背筋が伸びているので、たいそうなご高齢というわけではないのだろう。買い物の途中らしくビニール袋を提げていた。

「そうそう、勝又さんのところには男のお子さんがいたものねえ。立派になって。今はこちらに住んでいるんですって？」

親しそうに言われるがまったく覚えがない。近所の人だろうか。

「実はね、折り入ってあなたに聞きたいことがあるの。もう何年になるかしら。ずいぶん昔に、あなたのおうちで図書館の本をなくしたことがあったでしょ？」

優也は驚いて目を剝く。

「それが最近になって出てきたと聞いたわ。詳しいことを教えてくれないかしら。いったいどこにあったの？　あなたがひとりで見つけたの？　ご両親はなんて言ってるの？」

しどろもどろで眉をひそめることしかできない。

「あなたは知らないかもしれないけれど、その本のことでちょっとした揉め事があって。私もずいぶん心配したのよ。だから今でも気になっているの」

「どんな揉め事ですか」

高齢女性は思わせぶりな視線をよこし、肩をすぼめてみせる。

「それは、ここではちょっと」

「ちがう場所なら聞かせてもらえるんですか」

「ご両親に聞けばいいのに。でも、話したくないのかもしれないわね。やっぱり」

相手の方が背が低いのに、上から目線でものを言われている。優也が険しい顔をしてもどこ吹く風だ。

「なくなったはずの本があなたの家から出てきたとしたら、これはね、とても大ごとなのよ。昔のことではすまされないかもしれない。そのあたり、ご両親はわかっているのかしら。心配している人間が町内にいると、それだけは伝えてくれる？　誰もが不愉快な思いを二度としないために」

　意味がわからずぽかんとする優也を睥睨し、女性は聞こえよがしにため息をつく。それきりすまし顔で去って行った。せっかく買ったパンの匂いが、きれいさっぱりかき消されるような出来事だ。

　その後は神経質になってしまい、家の前に誰かがうろついているような気がしたり、道を歩いていると何者かがこそこそと噂しているように思えたりと落ち着かない。

　母からの電話はあったものの、父にも心当たりはないと言う。次に行ったとき処分するので忘れるようにと諭された。

　優也は勉強机の引き出しの奥から、「種川市立図書館　貸し出しカード」を発見した。ビニールコーティングされた児童書と懐かしいカードを見比べて、返却手続きがふつうになされていればと思う。できることなら今からでもバーコードを読み取ってもらい、紛失の後ろめたさから逃れたい。叶わない願いだ。

4

　次の本バスの巡回日、優也は教えてもらったより早い時間にステーションに着いた。カフェのスタッフである三浦は表のテーブルをせっせと拭いていた。

まわりを見る限り、優也に忠告をした最初の女性も、パン屋の近くで優也を呼び止めた女性もいない。歩み寄って挨拶すると、話がしたいと顔に書いてあったのか、「どうかしましたか」と水を向けてくれた。

三浦は優也の話を聞き、ぎょっとしつつも大げさに騒いだりせず、ゆっくりうなずく。

「お母さんからは口止めされたんですね。いいんですか、私にしゃべっても」

「ぼくは自分の借りた本に何があったのか、どうしても知りたいです。一緒に考えてくれる人がいたらぜひともお願いしたい」

「テルさんやウメちゃんにも話してかまいませんか」

「はい」

「時間を見つけて、ふたりの耳に入れておきますね」

やがて本バスが分譲地の坂道を上がってきた。ほぼ時間通りに商店街の外れ、広場の前に停車し、さっそく店開きが始まる。

優也は見守っているだけだったが、よかったら手伝ってよと三浦に声をかけられ、見よう見まねで机の設営などに加わった。天気の良い日だったのでゴザが敷かれ、絵本コーナーも設けられる。本の運搬を手伝っていると揃いのスモックを着た子どもたちがやってきた。

思わず頬がほころぶ。小さな子どもたちが絵本に目を輝かせるのを見て、なんて幸せな光景だろうと思う。

飽きずに眺めていると、中心になって絵本コーナーを作っていた女性と目が合った。

「子どもは苦手じゃないみたいですね」

「ぼくですか?」

「苦手な方もいらっしゃるから」

「得意でもないと思いますよ。今までぜんぜん接点がなかったので」

女性もエプロンを身につけていた。どうやら三浦と同じく分譲地の住人で、ステーションの世話をしているらしい。

「優しく見守ってくださるだけでありがたいです。悪ふざけをしていたり本を乱暴に扱っていたら遠慮なく注意してくださいね」

そう言ってまた子どもたちの輪の中に戻っていった。

本を丁寧に扱うのは大事だが、少しくらいふざけたりうるさくしてもいいだろう。子どもなのだから。母がいたらそうは言わないのかもしれない。屋外の移動図書館であっても落ち着いたインテリジェンスな場であることを求める人だった。

思えばこの殿ヶ丘を選んだのも成熟した品のある家並みが気に入ったからだろう。今の空き家や空き地の目立つわびしい雰囲気をどう見ているのか。

貸し出しカードを持ってきたことを思い出し、優也は本バスの棚に歩み寄った。ブランクはあるが森見登美彦や伊坂幸太郎くらいは知っている。背表紙をたどってひとまず四冊を選んだ。ほんとうなら資格試験に少しでもプラスになるような本を読まなくてはならないが、久しぶりに図書館の本を手にして物語を読みたくなった。

ゆっくり棚を見て歩き、貸し出し手続きを終えてから、コーヒーを一杯飲んだ。くせになる美味しさだ。バスを囲んでの賑やかなやりとりを見ていると、昔に還っていくような気がする。もしも十八年前にあんなことがなければ、自分はどんな本を借りて読んでいただろう。

やがて返却も貸し出しも終え、店じまいが始まった。

途中で子どもコーナーを作っていた女性を紹介された。若林さんと言い、この人も優也の事情を知っているらしい。

コンテナや長机などの大物を片づけたところでテルさんが口を開く。

「例の話、お母さんの反応をうかがって気になったことがあります」

ウメちゃんを始め、三浦も若林もそばにいて話を聞いている。

「ご両親は今、殿ヶ丘の家を留守にしがちなんですよね。そんなときに天袋とはいえ心当たりのないものが見つかったら、ふつうは気味が悪くなりませんか。防犯面が心配になり、何者かが家に入った形跡はないか、他に異変はないか、神経質になって不思議はないと思うんですよ」

自分が持った違和感がまさにそれだ。

「ですよね。少なくともぼくはゾクッとして、家中の戸締まりを点検しました」

「けれどお母さんは侵入者の心配をしなかった。つまり図書館の本、『二分間の冒険』でしたっけ、それが家の中にあることを知っていたんじゃないですか」

「母が？」

「そうです。外部の者が置いたとは思っていない」

ここ数日、頭をかすめていることではあった。その一方、腑に落ちない点もある。

「おっしゃることはわかります。でも、母は本の発見を驚いていました。天袋だと言っているのに、二階のロフトと勘違いするほどに」

「自分が思っていたところとはちがう。もしくは、途中から行方がわからなくなっていた。そんなふうには考えられませんか？」

優也は母の言葉や声音を慎重に思い出した。テルさんの指摘が的外れでないことを認めざるを得ない。

母は一度も、それがほんとうに図書館の本なのか、タイトルにまちがいはないのか、問いただすことはなかった。しつこく聞いたのは発見した場所であり、入れてあった袋についてだ。邪推かもしれないが、テルさんの言う「自分が思っていたところ」とは、二階のロフトだったのかもしれない。

「家の中に図書館の本、『二分間の冒険』があることを母は知っていた。つまり、なくなってはいない。最初からトートバッグの中に七冊しか入れなかったんですか」

すべては母が仕組んだことなのか。

テルさんは冷静に話を続ける。

「前回話を聞いて、手提げ鞄から一冊だけ抜け落ちるのは不自然だと思っていました。でも絶対ないとも言い難い。だから首を傾げるだけだったのですが、今日、勝又さんのお話を聞いて、ひょっとしてという気持ちが強くなったんです」

「母が嘘をついていたということですよね。狂言っていうんですか。どうしてそんなことを」

「お母さんにはお母さんなりの考えがあったんでしょう。理由であり、目的であり」

「ぼくの借りた本をわざと隠す理由ですか」

「あなたを困らせたかったわけじゃない」

では誰かと考えて、浮かぶのはひとりしかいない。父だ。

「母は父を困らせるために、八冊と言いながら七冊しか入れなかった?」

「問題はその理由ですね」

優也は呆然としてしまったが、テルさんの口調は穏やかで変わらない。

「一冊足りなかったせいで、お父さんはお母さんにずいぶん責められたと聞きました。途中でなくしたんじゃないか、寄り道したんじゃないかと。そしたら近所の人からほんとうに寄り道をしているという情報が入り、おそらくはこってりお母さんから絞られた」

「はい」

「それも不自然に思いました。図書館の本をなくしたら、ふつうは内々ですませようとしませんか。最終的には弁償という解決の手段があり、今回の場合は金額にして千円以下です。わざわざ他人に言うほどのことでもないですし、聞かされた人もそのうち出てくると軽く流しておしまい。そんなものだと思うのですが、お母さんはちがった。外の人からの情報を得たということは、誰かに紛失の話をして、その人も真面目に応対している」

少なからず母は世間体を気にする人だ。先日の電話でも、よその人にしゃべるなとしつこく口止めをした。家の中の話で、外に聞かせることじゃないと。

それなのに十八年前は、自ら進んで人に話をしていた。

「母はどういうつもりだったんですか」

「寄り道の目撃者がいると突きつけられて、お父さんはどうされましたか」

「困りましたよね、そりゃ」

「二度と行かないと約束した？」

「はい。だと思います。そういえば父の休日が変わりました。水曜日から火曜日に」

「では、本バスのステーションにはもう来られなくなったんですね」

たしかにそうだ。それまで黙って聞いていたウメちゃんが「待ってください」と横から言う。

「問題は寄り道した場所ですよね。ステーションには関係なく。話を聞いている限り、お母さんはすごく面倒くさい方法でお父さんに詰め寄っています。やめさせたいのなら最初からそう言えばいいのに。言えない雰囲気があったんでしょうか」

優也は首を横に振る。

「我が家の力関係からすると母はけっして弱くはないですよ。言いたいことはバシッと言うはずなんです。ただ父は、はぐらかすのがうまくて。上手に逃げてしまうというか」

「目撃者がいても?」

ウメちゃんのさらに横から、三浦も口を開く。

「寄り道って具体的になんですか。私も気になります。殿ヶ丘の中に、問題になるような場所って何があるかな」

「賭け麻雀やポーカーが秘密裏に行われていたとか? あるいは怪しい新興宗教の会合とか?」

ウメちゃんが言い、

「それなら、まあ、奥さんとしてはやめさせたいですね。でも殿ヶ丘の中にそんなのあるのかな。若林さん、聞いたことありますか」

三浦は若林に話を振る。

「ないと思います」

「ですよね」

「だったら他に、奥さんが嫌がる寄り道ってなんですか」

ストレートな言葉が優也の耳の奥にこだまする。

奥さんが嫌がる？　奥さんだからこそ嫌がる？

脳裏にかつての光景が浮かんだ。ドライブやゴルフの好きな父だが、移動図書館を見せたくて一緒に行こうよと何度も誘った。あるとき気まぐれで付き合ってくれたので、優也は得意満面、こんなに本があるんだよ、どれでも借りられるんだよと案内してまわった。

最初は面倒くさがっていた父だが少しは面白かったらしく、それ以来たまに足を運ぶようになり、顔見知りもできて大人同士の立ち話を楽しむようになった。中でもひとり、父とよくしゃべる人がいて、その人は若い女性だった。

「まさか」

優也は自分の手を頭に当てた。ウメちゃんがなんですかとしつこく食い下がり、仕方なくありのままの事実を話す。案の定、ウメちゃんは思いきり顔を引きつらせる。三浦はあたふたしながら言う。

「夫が若い子と話しているのを見るだけで、奥さんの中には猛烈に不機嫌になったりする人がいますよね。いえ別に、自分の経験談ではないのですが。勝又さんのお母さんは何かのきっかけで目にしたのかもしれない。誰かに聞いたのかもしれない。それで」

「あんなことを思いついたんですか」

罠を仕掛けたのだ。うちの母ならありえない、とは言えない。むしろいかにもやりそうだ。若い女性にでれでれしている父を見かけ（思い返してみると、父は満面に笑みを浮かべ女性と言葉を交わしていた）、母は腹を立てた。直接抗議したところで、ごまかされるのが落ちだ。焼き餅かと笑われるのも口惜しいだろう。しばらく様子を見ていたが、家に立ち寄るのを見たという人がいて堪忍袋の緒が切れた。そう、母には住宅街の中に友人知人がいる。耳打ちする人がいてもおかしくない。

「返すはずの本がなくなれば、寄り道をしていないか堂々と尋ねられます。父がしらばっくれたら目撃談をぶつける。慌てたり焦ったりしたら作戦成功。本を探すという名目で、相手の家に乗り込むことだってできます。近所の人が未だに覚えているのも、昼ドラの修羅場みたいな騒ぎがじっさいにあったから？　騒ぎになることさえ、計算済みだったのかもしれない」

思いつくままぶちまけると、テルさんは傍らの人に話しかけた。

「若林さん、いかがですか」

みんなの視線が一斉に向けられる。それに気づいて若林は肩をすくめた。

「言わないつもりでいたんですけど」

「何か知っているんですか。知っていたら教えてください」

「私が知っているのは噂話です。家の離れている私の耳に入るくらい、噂にはなっていました。ただ、本格的な浮気うんぬんではなく、旦那さんが少しばかり鼻の下を伸ばしただけですよ」

「ぼくに気を遣っておっしゃっていますか」

若林は「いいえ」と首を横に振った。

「私は相手の女性を知っています。町内会の役員で一緒になったことがあるんですよ」

みんな一斉に目を丸くした。もちろん優也も。

「誰ですか」

「彫金(ちょうきん)の仕事をしている女性でね。今は引っ越してもういないけど、その頃は二十代後半くらいかしら。自宅を仕事場にしていたの。単身赴任中のお父さんのもとにお母さんがたびたび出かけていたようで、彼女はひとりでいることが多かった。友だちの保育士さんから、殿ケ丘ステーションが保育園児の本バス利用を拒否したと聞いて、本気で憂(うれ)えていたのよ。今は無理でも、そのうちなんとかならないかと、勝又さんの旦那さんに相談しようとしたみたい。それを誤解され、事態は悪い方に転がってしまった」

「保育園児を拒否？」

「小さな子はやかましいので、移動図書館の環境にふさわしくないというのが反対派の理由。みんながそう思ったわけじゃなく、幼児の利用については当時賛成派と反対派がいて、殿ヶ丘は二分されてたの。彫金の女性は賛成派だった。反対派に負けてしまったけれど、諦められなかったのね」

「ぼくの母は反対派でしたか」

若林は返事をしなかったが答えは明白だった。もしかしたら父の相手が賛成派の女性と知り、より攻撃的になったのかもしれない。

「聞かせてもらい、ありがとうございます」

優也は頭を下げた。ウメちゃんが言う。

「当時の様子がわかったとして、天袋の謎は解けていませんよね」

「それは父に聞いてみます。皆さんのおかげで当時の様子が具体的に摑めました。直接ガツンとぶつければ白状すると思います。父の方が母よりずっと防御壁がやわいので」

多少なりともおどけて言うと、その場の空気が和んだ。

「頑張って聞き出して、次の巡回日には報告します」

明るく宣言してもう一度ありがとうございますと頭を下げる。笑顔も添えた。うまくいっただろうか。十八年前の裏事情を知り驚いたりあきれたりしつつも、真相がわかってほっとした、そんなふうに装いたかった。

ほんとうは力を入れなくては身体が揺れてしまうほど気持ちがぐらついていた。何に動揺しているのかわからず、すべてを抑え込むしかない。

むしろ機嫌のいい顔で最後まで片づけを手伝い、本バスが駐車場を出ていくのを見送った。三浦や若林とも別れ、ようやくひとりになる。

優也は住宅街の坂道を黙々と歩いた。日はすっかり西に傾き、木立の影が灰色の道路に長く伸びていた。ランドセルを背負った子どもたちとすれちがう。

かつての自分もどこかにいるような気がした。その自分は本をなくす前ならば、物語の続きを読もうと元気よく坂道を駆け上がっているのだろう。なくした後ならば、参考書を読み問題集を広げ、ノートに答えを書き込んでいた。

ふと立ち止まり、暮れていく空を見上げた。

母は父の寄り道をやめさせたくて、父の休日をちがう曜日に変更したくて、図書館の本を使った。

もっとも効果的な手段を思いつき、実行した。

それだけだ。

規則通りに本代を弁償して事後処理を済ませた。

偕成社文庫とポケット図鑑、似た大きさの本が二冊あったのに、文庫の方を選んだのは値段のせいかもしれない。ポケット図鑑に比べれば半額程度だ。弁償することを前提にしていればとっさに安い方を選ぶだろう。

目的が達成されればあとはもう忘れてしまえばいい。

息子の負う痛手など考えもしない。今言ったところで、きっと理解できない。

ゆっくり息を吸い込み、嫌悪感と共に吐き出す。優也は数日前の、兄との電話を思い出した。

本に興味のない兄は、図書館の本がなくなった騒ぎをまったく覚えていなかった。そのわりにはいつになく最初から最後まで話を聞き、「おまえなあ」としみじみ言った。

「おれとぜんぜんちがう種類の人間だと思っていたけれど、初めて似てると思ったよ」

「何が」

「十歳かそこいらの出来事を未だに引きずっていて、しつこい。うざい。諦めが悪い。おまえにとっての本は、おれにとってのバスケなのかもな」

灯りをひとつつけただけのリビングで電話をかけていた。ふいに視界が広がった気がした。体育館のコートがよぎり、熱血バスケ漫画やボールの弾む音が蘇る。汗臭いTシャツ、ぼろぼろのスニーカー。大怪我と聞き、駆けつけた病院の廊下。白いベッドの上で震えていた背中。いくつもの音や匂い、シーンが交錯する。

それなりに名のある大学を出て、一流と言われるスポーツメーカーに就職したのに、兄は数年で辞めてしまい、どこかの町工場で働いているらしい。それで何をやっているのかといえば、アマチュアのチームに所属しバスケを再開した。正月や法事などで顔を合わせると、やたら精悍で筋骨隆々だ。

何ひとつ共通項がなく、考えていることがわからない。気持ちもわからない。そう思ってきた。

でも本とバスケを置き換えてみれば、初めて兄をすごいと思えた。しつこさと諦めの悪さに脱帽する。尊敬してもいい。

「馬鹿だね、兄ちゃん。そういえば昔から偉大な馬鹿だったね」

電話口で言うと、笑い声で返された。

「おまえもな」

5

二週間後の巡回日、優也は少し遅れてステーションに着いた。本バスはすでに店開きし、返却カウンターにも貸し出しカウンターにも利用客が並んでいた。パラソル付きのテーブルセットでは仙人たちがコーヒーを飲み、木陰では紙芝居が読まれ、小さな子どもたちがわちゃわちゃ集まっていた。

優也は借りていた本を返し、テルさんウメちゃんをはじめ、三浦や若林にも挨拶した。みんなにっこり笑いかけてくれる。バスの棚では新しそうな背表紙を引き抜き、冒頭部分を読んで気になるものだけ腕に抱えた。

この二週間、家にあった父の買ったとおぼしき翻訳ミステリまで読みふけった。駅前の本屋さんに出かけ、平積みの中から何冊か買い求めた。例の『安楽椅子探偵アーチー』の文庫版も。

やがて撤収の時間になり、前回のように片づけながら、優也はみんなに報告をした。

「父はやはり鉄壁の防御にはほど遠く、こちらの読みをぶつけたところ、参ったなと言いながら話してくれました」

紛失騒ぎについて、母と腹を割って話したことは未だにないそうだ。騒ぎの最中、ひょっとして母の企み(たくら)ではないかと疑いを持ったが口にできず、図書館への弁償や休日の変更が一段落した頃に、ロフトに置いてある母の整理ダンスから本を見つけた。

これはなんだと反撃してやりたかったが、せっかく平穏を取り戻したばかり。我慢して本だけ別の場所に隠した。そのままにしておけば処分するに決まっている。動かぬ証拠を押さえておきたかった。幸い、あれ以上の揉め事は起きず、本のこともいつの間にか忘れていた。まさか今になって息子に見つけられるとは。

頼むからなかったことにしてくれと、父は茶化すような口調で言った。似たもの夫婦だ。

本を敬う気持ちが欠如している。噂になった女性とは何もなく、移動図書館の運営について相談されたが、立ち話がせいぜい。もちろんあれきり会っていないという。

「ほんとうに解決したんですね」

ウメちゃんにしみじみ言われ優也は笑みを返した。

「安楽椅子探偵のおかげです」

視線がテルさんに集まり、そのテルさんはあわててとんでもないと身を引いた。

「話をうかがっただけですよ。推理のまねごとさえしていません」

「でも鋭い指摘がいくつもあり、おかげさまで真相にたどり着きました」

「すっきりしましたか？」

優也は「いいえ」と返した。

「ぜんぜんしてません。憤（いきどお）りのあまり頭のネジが飛びそうになりました。よりにもよって母は報復の手段に図書館の本を使ったんです。ぼくはそのせいで本バスから足が遠のき、本そのものからも離れてしまった。母にとって本は、特別なものではなかったんです。父も同じく。なんのダメージも受けていない。でもぼくはちがう。ちがったんだと思い知らされました」

テルさんはうなずく。まるでその答えを予期していたかのように。もしもそうなら、やっぱり名探偵ではないか。

「これからどうするつもりですか」

「取り返そうと思います。過去に戻ることはできないけど、本を読むことはできるから」

ウメちゃんが「お帰りなさい」と言ってくれた。天袋の本が導いてくれた言葉だ。

三浦も若林も目を輝かせ、よかった、利用者が増えると相好（そうごう）を崩す。だが、それについては申し訳なく思う。自分としても残念だ。

殿ヶ丘に戻ってきたのは資格試験に挑戦するためだった。けれどなんのための資格取得なのだろう。半端な決意で通るほど易しい試験ではない。なのに就職での失敗を挽回したくて、誰もが認めるようなステータスがほしくて、何年かかってもいいとさえ思っていた。

自分の安直さにほとほと嫌気が差す。考え直したい。そのためには今の家にはいられない。殿ヶ丘を出てもう一度、自分の稼ぎでやっていこうと思う。貧乏は目に見えているが本なら読める。貸し出しカード一枚で図書館から借りられるのだ。

曖昧に微笑んでいるとテルさんに言われた。

「勝又さん、すっきりする方法ならひとつありますよ」

「なんですか」

「見つけた本を図書館に返しませんか。岡田淳さんの本なら今でも現役です。二冊あってもかまわない。あなたが返却し、別の誰かが借りていく。通常のサイクルに戻せますよ」

暗いところで眠っていた本が、揺り起こされて目を覚ます。棚に並んで利用者を待つ。自分の中の後ろめたい思いも今度こそリセットできる。

「十八年の返却遅れですね」

ウメちゃんに突っ込まれた。

「すみません。でも受け取ってもらえたら嬉しいです」

「次の巡回日に持ってきてください。返却コーナーで本にも言います。『お帰りなさい』って」

そのとき本は「ただいま」と言うのだろうか。

帰れる場所があの本にはある。たとえ十八年のブランクがあっても。

自分もだ。優也は自分の手を見た。提げている袋の中にそれはある。

リボン、レース、ときどきミステリ

1

「そうか、今日は金曜日だっけ」

　廊下に出たところで、同じ課の男性にばったり出会った。

　いきなり言われて佳菜恵(かなえ)は驚いたが、動揺を隠して曖昧(あいまい)に微笑(ほほえ)む。布製の袋を胸に抱えていたので、それが目に留まったのだろう。「はい金曜日です」とか、「はいちょっと」とか、返す言葉を探していると、相手は軽い調子で「行ってらっしゃい」と片手をあげ、入れ違いにフロアに入って行った。

　特に意味のない声かけだったのだろう。気を取り直してエレベーターホールに向かい、下りてきた一台に六階から乗った。

　昼の休憩時間は部署ごとに三十分ずらして設けられている。佳菜恵のいる総務部は十三時から。混雑をさけるためだが、各階から乗ってきた人でエレベーター内はいっぱいだった。

社員食堂があっても外に食べに行く人もいれば、弁当類を調達してくる人もいる。連れだって降りて行く人たちの話し声も聞こえ、飛び交う定食屋の名前がひとつに絞られる前に一階に到着した。

広々としたロビーフロアには受付やセキュリティゲートが設けられ、制服姿の警備員が立っている横で、佳菜恵も入館証のバーコードを読み取り機にかざした。ゲートを抜け、ガラスドアから屋外に出る。

六月の空には梅雨時らしく、今にも降り出しそうな雲が広がっていた。湿り気を帯びた風が生ぬるく吹いている。空調の効いたビルの方が爽やかかもしれないが、縮こまっていた手足が自然と伸びていくような解放感が味わえる。

佳菜恵の勤め先は種川市の北部、玩具メーカーや化粧品会社が集まるワーキングエリアに自社ビルを構えている。新しく開発された地域なので道路の幅は広く、憩いのスペースとして公園や広場も整備され、環境面では申し分ない。私鉄駅から徒歩圏という立地の良さもあり、しゃれたカフェやレストランも年々増えている。

種川市南部に住む佳菜恵にとっても通勤がらくで便利。派遣会社に登録し、他の会社で働きつつもこの場所で働けたらと思い、新規募集の中にこのワーキングエリアの会社を見つけたときはいつになく積極的に動いた。

マネジメント部にかけあい仲介を頼み、会社の面接に漕ぎ着けると、ありったけのやる気を前面に押し出した。容姿端麗とは言い難く大卒でもなく、専門学校で簿記は学んだが今のところ三級が取れただけ。最初に勤めた会社は自己都合で辞めてしまった。アピールポイントはないに等しい状況だったが、先方も前任者の穴埋めが早急にほしかったらしい。トントン拍子に決まった。

以来二年、この春から三年目、総務部の購買課で働いている。慣れてきたので自分なりの裁量で仕事が進められるし、厄介な人間関係にも巻きこまれていない。通勤時間も含めて、今までで一番働きやすい職場だ。そう思いつつ、二週間に一度、ひとりで外に出るたびに肩の荷が下りるような気持ちになる。何も背負ってないのに。

佳菜恵はビルから目と鼻の先にある横断歩道をひとつ渡った。緑の木々に囲まれた広場には今日もさまざまなキッチンカーが店開きをしている。カレー、オムライス、ベーグル、ビビンバ、シチュー、パエリア。思い思いの看板が掲げられ、幟がはためき、いい匂いが漂ってくる。どの店にも順番待ちのお客さんの姿があった。

活気あふれる光景を横目に、隣接する駐車場の一角に向かう。そこにも一台の車が駐められ、側面のハッチが大きく開かれていた。長机が設置され、並んでいる人の列も見える。種川市の移動図書館、通称「本バス」愛称「めぐりん号」だ。

美味しそうな匂いこそしないが、絶品のパエリアを頬張ったときのように気持ちが上向く。

今日はどんな本を借りようか。

まっすぐ歩み寄り、まずは返却コーナーに立ち寄る。前回借りたのは刺繡の図案集と料理本と猫にまつわるエッセイ集とカメラ雑誌の四冊。袋から出してエプロンをつけたスタッフに手渡した。

佳菜恵とは顔なじみのスタッフなので、目が合うなり「こんにちは」と挨拶してくれる。めぐりんの運転手さんだ。以前は会社勤めだったそうだが定年退職し、今は三千冊の本を載せた改造車のハンドルを握っている。みんなからテルさんと呼ばれているので佳菜恵もそう呼ばせてもらっている。

「今にもぽつんと落ちてきそうで、さっきからひやひやしてるんですよ」

テルさんが空を見上げて言うので、佳菜恵も灰色の雲に目をやった。

「大丈夫じゃないですか。天気予報だと降り出すのは夕方でしたよね」

「だといいんですけど。楠田さんの会社は近くでしたっけ」

「はい。でも念のため、折りたたみの傘を持ってきました」

布袋を軽く持ち上げると笑顔でうなずいてくれる。佳菜恵は会釈して本バスの棚へと歩み寄った。今日は頼んでいたエッセイ漫画が届いているらしい。連絡をメールで受け取っている。それがあるので、本棚から選ぶのは二、三冊か。規則ではひとり六冊まで、二週間借りられることになっているが、佳菜恵は四冊前後と決めていた。

本バスの利用はかれこれ一年になるので、どこにどういう本があるのかはだいたいわかっている。片方の側面には旅行ガイドや語学、資格に関する本、冠婚葬祭、小説、エッセイ、ビジネス書など、大人向けの本で埋め尽くされている。もう片面には病気や健康、美容関係の本、料理、園芸に加えて、子ども向けの本がずらりと並んでいる。

佳菜恵は挨拶するように、旅行ガイドの背表紙から順番に眺めていく。借りる本を探すというより純粋に見るのが面白くて、自分なりの習慣になっている。風変わりなタイトルや文字のデザイン、目印のような小さなイラスト、マーク、難しい漢字の作者名、聞いたこともない出版社名。ジャンルの配置は同じでも、本の入れ替えはこまめに行われているらしく、久しぶりに見かける本もあればまったく初めての本もある。思わず手を伸ばし、指先でそっと触れることもある。

限られた時間なので、心ゆくまでのんびりというわけにはいかず、一巡したあとは気持ちを切り替え借りる本を決めていく。今日は挿絵の可愛い児童書と、カラフルな民族衣装を紹介した写真集と、和菓子の本を選んだ。

貸し出しカウンターにはもうひとりの顔なじみ、図書館司書であるウメちゃんが笑顔で迎えてくれた。自分より二、三歳年下だと佳菜恵は思っている。ということは二十代半ば。ショートカットの髪に小作りの顔立ちで、生き生きと輝く目、大らかな笑みが魅力的な女性だ。多くの人と接する移動図書館のスタッフにうってつけの人材だろうが、佳菜恵は昔から明るくはきはきとした人が得意でなかった。

　最初の頃は気後れして利用をやめようかとさえ思ったが、穏やかでおっとりしているテルさんが中和剤になってくれた。何度か通っているうちに苦手意識も薄れ、今ではちょっとしたやりとりが楽しい。一緒になって声を上げて笑うこともある。

「楠田さん、リクエストの本が届いてますね。ご用意します」

　佳菜恵のカードをスキャンしたとたん、ウメちゃんはてきぱき動く。

　本の予約や取り寄せはネットからできるので手軽で頼みやすい。希望者が多く待たされる本もあるが、新刊や話題の本ならば仕方ないだろう。市内なら受け取る図書館も選べるし、めぐりんを指定することも可能だ。

　どこのステーションでもこのシステムを利用している人はいるだろうが、今いるワーキングエリアのステーションは特に多いと聞いた。リクエストした本しか借りない人もいるらしい。棚を見なければ時間を節約できるし、読みたい本がないという空振りも避けられる。借りるよりも棚を眺めるのが好きな佳菜恵とは真逆な利用法だ。

　貸し出しカウンターの裏にはリクエスト本が集められたコンテナが置いてあり、ウメちゃんは手際よく一冊を見つけ出した。他の本と共に手続きをしてくれる。

「お待たせしました。期日までの返却、お願いします」

　差し出された本を受け取り、佳菜恵は一番上のエッセイ漫画を見て言った。

「これ、三ヶ月くらいかかったかも。やっと回ってきたんです」

「人気の本はどうしても時間がかかりますよね。私もこの本、大好きです。よかったら続きもどうぞ」

なんてこともないやりとりに気持ちがほぐれる。来たときとはちがった本を袋に詰め、佳菜恵は空模様を気にしながら社に戻った。


午後の仕事はパソコンを立ち上げ、メールチェックをするところから始まる。

佳菜恵のいる購買課は、各部署から依頼された備品を購入するのが主な仕事だ。予算があるので言われるがまま買うわけにはいかず、品物に応じて価格の比較検討も行う。購入の許可が下りれば発注し、希望する部署に納品する。年に何回か社内監査もあり、購入したものが正しく使用されているかをチェックするのも役目だ。備品には洗面所の石けんから各フロアの自動販売機、社員食堂の業者そのものの選定も入っているので、優先順位を付けながら効率よくこなしていくのも求められるスキルだ。

直属の上司は課長で、課員は自分も含めて四人。総務部には購買課の他に人事課や広報課などがあり、経理部とフロアを共にしている。人員削減が進められているようで、部屋の広さのわりに人が少なく空いている机は多い。佳菜恵のとなりも向かいも空席だ。

メールの返事を書いたりリストを作ったり、業者に問い合わせの電話を入れたり課長に進捗具合を報告したりしていると、退勤時間である十八時半が近付いてくる。派遣社員である佳菜恵は残業の有無を勝手に決められない。業務が立て込んでいるときだけ超過勤務を依頼され上司より許可をもらう。通常は定刻になると速やかに仕事を切り上げ席を立つ。

「お先に失礼します」

「お疲れさま」

荷物はショルダーバッグひとつだ。昼休みに借りた本は、エッセイ漫画だけをバッグに入れた。残りは机の引き出しにしまってある。二週間以内に目を通せばいいので気が向いたときに持ち帰る。

エレベーターに乗る前にトイレに寄ると、鏡の前に女性社員が三人いて楽しげにしゃべっていた。よくあることなので、黙って背後を通り抜けて個室に入る。ひとりは経理の女性で、あとのふたりはフロアがちがう。これからみんなで夕飯を食べに行くらしい。念入りにメイクを直しているところからすると、男性も一緒なのかもしれない。

個室から出て手を洗い、「お先に失礼します」と頭を下げ、再び彼女たちの後ろを通り過ぎる。「お疲れさま」と返してくれたあと、すぐにおしゃべりが再開されたので安堵の息をついた。

構われないのが一番だ。同じ会社で働いていても立場がちがう。佳菜恵にしても人付き合いがまったくないわけでもなく、学生時代からの友だちは何人かいるし、今の会社でもごくたまにランチに誘われる。相手は各部署にいる庶務担当の女の子たちで、みんな派遣だ。その方が気楽で、ちょっとしたニュアンスを共有しやすい。職場内での疎外感や、微妙なモラハラ、先行きへの不安やら。派遣会社はまちまちなので、待遇面の情報交換もできる。

それ以外のいつもの昼食は家から持ってきた弁当を自分の席で食べる。ネットニュースのチェックやYouTube、スマホのアプリゲームとやりたいことは多く、一時間はあっという間だ。用もないのに話しかけてきたり、カフェコーナーに誘ったりは勘弁してほしい。そういうオーラが出せるようになったのか、最近ではほとんど声がかからない。快適な昼休みの確保は、仕事を続ける上での重要なポイントだ。

会社を出れば駅まで歩いて五分。多少の待ち時間はあるものの、乗り換えなしで自宅の最寄り駅まで、乗車時間は二十五分。佳菜恵は現在親と同居している。父は川崎(かわさき)市内にある会社に勤め、母は週に何日かスポーツセンターの受付をしている。きょうだいは弟がひとりいて、今は都内で暮らしている。

七時半前に帰宅すると、「お帰り」の挨拶もそこそこに、母は夕飯の仕上げに入った。佳菜恵を待って食卓を囲み、そのうち父が帰宅するのが日課となっている。

食費はそれなりに入れているのだが、親の希望はあくまでも正社員だ。何度となくため息をつかれ、最近では諦(あきら)めているようだが、かわりに言われるのが結婚。どちらにも本人の意思が向いていないことをわかっているのかいないのか。わかっているからこそお尻を叩きたいのかもしれない。

ほんとうの意味で自由になれるのは二階にある自室だけだ。ここには佳菜恵のやりたいことが詰まっている。ベッドとクロゼット以外のほぼすべて、壁面の棚も引き出しも作業台もワゴンも積み重ねられた収納ボックスも、布や糸やビーズやリボン、あるいは型紙、過去の試作品に埋め尽くされている。佳菜恵が作るのは人形の洋服だ。正確にはリカちゃん人形のドレス。

もともと手先が器用で手芸は好きだった。刺繍やキルトやレース編みに精を出し、ドールハウスに憧れていたが、専門学校に通っている頃、従兄弟の結婚式に出席してウェディングドレス姿のリカちゃん人形を見た。ウェルカムボードの脇に飾られていたのだ。まとっているのは手作りのドレスと聞き、その可愛さとクオリティの高さに感動した。

以来、こつこつと独学で腕を磨き、今ではネット通販もしている。オーダーメイドの予約も入る。週末はこちらの作業にフル回転だ。

洋服作りの前に、鞄から取り出した本と共にベッドに倒れ込む。お気に入りの音楽を聴くように、アロマを楽しむように、佳菜恵は昼休みに借りたエッセイ漫画を読み始めた。

2

誰かが追いかけてくるような気配を感じて、佳菜恵は足を止めた。

振り返ると、白いシャツに黒のズボンを穿いた男性が通路に立っていた。

人違いかと思ったが、相手は佳菜恵の顔を見て、「楠田さん」と名前を呼んだ。

誰だろう。訝しむそばから辛うじて思い出す。営業部の男性だ。年齢は自分と同じくらいか、少し下。

「総務の楠田さんですよね」

「はい」

「よかった。急に呼び止めたりしてすみません。営業三課の桐原です」

名刺を手渡される。にこやかな顔をしているので総務部、あるいは購買課への手厳しいクレームではなさそうだ。

場所は二階にあるカフェラウンジのそばだった。広々としたフリースペースにテーブルや椅子が置かれ、社内で働く誰もが利用できる。自動販売機も各種設置され、奥には飲み物やパン、菓子類を扱うコーヒーショップが営業している。

休憩や打ち合わせなど自由に使われているが、佳菜恵が訪れた目的は仕事だ。社内からあがってきた意見に、野菜ジュースが飲みたいので自販機を置くかショップで扱うか検討してほしいとあり、まずはショップに相談しての帰り道だった。

「先日、楠田さんのことを聞いたんです。それでお話しできればと思っていたんですけど、ここしばらく泊まりの出張があって遅くなりました」

「私のことを？」

なんだろう。

「楠田さん、移動図書館を利用しているそうですね」

「はい」

「欠かさず通っていると聞きました」

「まあ、そうですね」

「このビルで、利用しているのは楠田さんくらいじゃないですか。他に聞いたことがないです」

かもしれない。でもそれがなんだと言うのだろう。

昼休みは部署ごとに時間がずれているので、自分の知らないところで行き来している人はいるかもしれないが、今まで見かけたことはない。ステーションそのものの利用者はかなりいる。ピーク時には貸し出しカウンターの前に長蛇の列ができるほどだ。でも、もともとが人口が多い一帯。オフィスビルもあれば、研究所も工場も複数ある。それを考えれば利用者の少ない会社、まったくいない会社があっても不思議はない。

「すごく嬉しくなって、お会いしたいなと思っていました」

「は?」

「僕も本好きなんです。住んでいるのが横浜市なので種川市の図書館は利用しませんが、横浜市のは子どもの頃からずいぶんお世話になっていました。大人になっても変わらず本を読んでますが、会社にそういう人がいなくて。寂しく思っていたところ、楠田さんのことを聞いたんです」

満面の笑みで言われ、ぽかんとしてしまう。

「もしよかったら、今度ゆっくり話をさせてもらえませんか」

なんの話だ? 相変わらず意味がぜんぜんわからない。

「ちなみに、楠田さんはどんなジャンルがお好きですか。純文学とかファンタジーとかミステリとか」

佳菜恵は受け取ったばかりの名刺を見て、彼の名前を確認してから言った。

「桐原さんは、どんなものを読まれるんですか」

わからないときの常套(じょうとう)手段だ。質問には質問で返す。

「僕はミステリです」

「いいですね、ミステリ」

これはつい、考えずに言ってしまった。くったくのない笑みが目の前にあったので、思わず口からこぼれたのだ。

「よかった。読まれますか。嬉しいです」

食いつかれて焦る。贔屓(ひいき)の作家はいるかと尋(たず)ねられ、さらに混乱していると、彼は何人かの名前を挙げた。たぶん作者名なのだろう。

もっと話したそうにしたが、廊下の向こうから年配の男性社員たちがやってきたので立ち話は切りあげられた。互いに頭を下げて、何事もなかったかのように左右に分かれた。

そこからどうやって総務のフロアに戻り自分の席に着いたのか、佳菜恵は覚えていない。しばらく放心状態だったのかもしれない。それくらい思いがけない出来事だった。ハッと我に返り、あわててパソコンを起動させ新着メールをチェックする。でも文面に集中できない。同じ行を何度も読んでしまったり、気がつくとまたぼんやりしていたり。

向けられた笑みが頭から離れない。

まさか移動図書館を利用しているだけで、こんなことが起きるとは。

いったい誰が彼の耳に入れたのだろう。

本好きと言っていたけれど、ほんとうだろうか。

再び口を利(き)く機会がこの先あるのだろうか。

ないのかもしれない。気まぐれで話しかけ、ほんの数分後には忘れてしまうのかもしれない。

念のため否定的に考えてみたが、彼の楽しげな口調を思い出すと首をひねらざるをえない。特に「ミステリ」と答えたときなど、もっともっと聞いてくださいという前のめりの雰囲気だった。

気まぐれや冗談でないとしたら、「今度ゆっくり話をさせてもらえませんか」というあの言葉も本気だろうか。

佳菜恵はディスプレイをじっと見つめ眉根に力を入れた。

次に会ったときも、彼はあの調子でいろいろ話しかけてくるのかもしれない。移動図書館を自分が利用しているのはほんとうだ。期限内にきちんと返却している。なんら臆(おく)することはない。

でも一点、借りているジャンルが問題だ。

佳菜恵は手芸や料理の本、写真の多い雑誌やエッセイ漫画の類(たぐい)を借りる。小説は借りない。今までもよく誤解されていた。図書館を利用する＝本好き＝趣味は読書、という図式を多くの人が思い浮かべるらしく、「昔から文学少女だったの？」とか、「芥川賞の本を読んじゃうわけ？」とか、「頭いいんだねー」とか、適当なことをよく言われた。深い意味はないようで、こちらの返事を待つことなくアハハと笑っておしまいだった。

営業三課の彼もアハハの人かもしれないが、本好きならばジャンルの話はほんとうだろう。すぐさま否定して誤解を解けばよかった。「いいえ」のひと言ですむ話だったのに、曖昧な物言いをしてしまった。

　やりとりを思い出す限り、自分はまるでミステリ好きの人みたいだ。

　どうしよう。

　レースやビーズを駆使して人形の服を作るとき同様、仕事でも集中力を発揮するのが自分なのに、三年目にして初めて躓いた。メールの送信ボタンを押し忘れたり、発注の数字をまちがえたりと凡ミスをくり返し、定時を迎える頃にはぐったりしてしまった。

　翌日は移動図書館の日だった。午前中の仕事を精力的にすすめ、十三時になるやいなや弁当を食べ、布袋を片手にフロアを出た。いつもより早足で広場に向かう。

　返却コーナーにはテルさんの姿があった。他の利用者がまわりにいなかったので、本を手渡しつつ佳菜恵は昨日の一件を話した。

「会社の人に突然話しかけられたんです。私がめぐりんを利用していることを誰かに聞いたらしく、自分も本好きで、同じく本好きの人がいて嬉しいって。でもその人の言う本は小説なんですよ。それもミステリ。私とはちがうじゃないですか」

　テルさんは目を瞬きながらも話を聞いてくれる。

「ほう。なるほど。それで?」

「今みたいにちがうって言えればよかったんですけど、私、言えなくて。だから次に会ったときに少しは話が合わせられるよう、ミステリを読んでみようかと」

「楠田さんが?」

聞き返されて少し凹む。

「私も子どもの頃は読んでたんですよ。はやみねかおるさんとか松原秀行さんとか。アニメも見ていました。コナンね。金田一少年のなんとかはドラマだったかな」

「相手の方はミステリをかなり読んでるんですか?」

「だと思います。いろいろ名前をあげていました。あや……あや……」

「綾辻行人さん」

背後から声がした。ウメちゃんだ。いつからいたのだろう。どこから聞いていたのだろう。

「そういう名前だったかも。他にはえっと。うーんと」

「楠田さんに話しかけた人は女性ですか。男性ですか」

「男性よ」

「年代は?」

「私と同じくらい。もしかしたら少し下かも」

「だいたいわかりました」

ウメちゃんは腕を組み、右手の人さし指だけピンと立て、口元に不敵な笑みを浮かべる。

「何がわかったの？」

「読んでいる本の傾向ですよ」

「そんなのがわかるの！」

ウメちゃんは得意げに胸を張ってみせる。このさいとても頼もしい。

「だったら私が今何を読むべきか教えて。お願い」

「お任せください。ずばり、お選びしましょう」

夢のようなセリフを聞き今すぐ選んでほしかったが、ウメちゃんには仕事があり、手が空くまで待たなくてはならない。その間、佳菜恵は珍しく小説の棚の前に立った。作者名の五十音順に本が並んでいる。浅田次郎、五木寛之、内田康夫、江國香織……。

知った名前を見つけるたびに少しだけ気持ちが落ち着く。読んだ本もある。『鉄道員』『きらきらひかる』『夜のピクニック』『きみの友だち』『カラフル』。雪の夜の駅の待合室や、不思議と覚えている主人公の夫の名前、高校生たちの深い気づかい、泣けたセリフ、忘れられない言葉が思い出される。

小説が嫌いなわけじゃない。顔が清々しく前を向く。

「時間、まだ大丈夫ですよね」

ウメちゃんが小走りにやってきて、文庫の棚をまじまじと見つめ、一冊を引き抜いた。

「よかった。これがあって。綾辻さんの代表作、『十角館（じゅっかくかん）の殺人』です」

けっして薄くない文庫だった。ぱらぱらめくり、読めるだろうかと不安になる。

「取っつきにくいかもしれませんが面白さは保証します。おそらく会社のその人も大好きです。こういうのにわくわくするんだなとわかるはず。もう一冊、私がすすめるとしたら……。ああ、単行本でありました。辻村深月（つじむらみづき）さんの『ツナグ』。連作短編ですし、日常の描写からすっと入っていける話なので読みやすいと思います」

「辻村さんの名前は言ってたかしら」

「言ってなくても大丈夫です。三十代の女性作家さんで、男性にも女性にも人気があります。とてもよい本をたくさん書かれています。辻村さんご自身が綾辻さんのファンを公言しているので、つながりはバッチリです」

そんなものだろうか。よくわからないがありがたく受け取った。

「この二冊を読めばなんとかなりますよ」

「え？　他にもいっぱい読むべきものがあるんじゃないの？　ミステリってたくさん出てるでしょ」

「そういうのは気にしなくていいんです。好きだけど数は読んでなくてと、控え目に言えば大丈夫。たくさん出てるからこそ、全部読んでいる人はいません。二冊を読んで、思ったことを正直に話せば会話は弾むと思います。あとは相手がいろいろ話したいでしょうから、聞き上手になるのが吉」

「そうなの？」

ウメちゃんはいたずらっぽい目で首を縦に振った。とまどった後、少し楽しくなる。

なんといっても二冊ならば読めそうだ。

「もしも余力があったらこれをどうぞ」

言いながらひょいと一冊を引き抜く。ウメちゃんが差し出したのは『謎解きはディナーのあとで』という本。著者は東川篤哉（ひがしがわとくや）さん。どこかで聞いたことがあるような気がする。

三冊ならいけそうだ。ほっとして佳菜恵は刺繡の図案集と、作る時間はないだろうがお菓子の本も借りることにした。


週末の土日はほぼかかりきりで『十角館の殺人』を読み通した。ウメちゃんが言ったように冒頭から三分の一くらいはスピードが上がらず、途中でうたた寝してしまったが、後半になると情景が頭に浮かんで俄然（がぜん）読みやすくなった。事件が次々に起きるので、はらはらさせられ疲労感はかなりのものだったが、最後にあっと驚くどんでん返しがあり疲れも吹っ飛んだ。

これが彼の好きな小説家かと思うと、遠くに感じるような近くに思えるような不思議な気・

分だ。

週明けの月曜日から『ツナグ』を読み始め、途中で会ってしまうと困るなと、社内にいる間は人の気配がするたびにそわそわしてしまった。営業部の業務形態はわからないので予想も立てられない。

考えすぎだと自分に言い聞かせ、週の後半は仕事に心を無にしていると金曜日の夕方、彼からメールが届いた。佳菜恵は総務部にいるので、ちょっとした通達などに自分のメールアドレスを添えることはよくある。他部署の人がメアドを知っていてもおかしくないのに、差出人が彼だとわかったとたん心拍数が跳ね上がる。

まわりに誰もいない席でひとりうろたえ、ハンカチを出して額の汗を拭ってから、「営業三課の桐原です」というタイトルをクリックした。

来週のどこかでランチに行きませんかと書いてある。

そのランチとは社食だろうか、カフェコーナーだろうか、外の店だろうか。一緒に行くのは彼ひとりだろうか。他にも誰かいるのだろうか。

気になるが、気軽に尋ねられる性格ならば今ごろちがう人生を送っていた。すでに選択肢は決まっている。応じるか断るか。どちらか。

どうしよう。

3

翌週の火曜日、佳菜恵と桐原は十三時五分に一階のロビーで待ち合わせた。

ランチの店は桐原のあげてくれた候補の中に、派遣の人たちと行った店があったので選ばせてもらった。小さなビルの三階にある、穴場的なビストロだ。桐原は予約をしてくれたので窓際の席に案内された。

会社を出て歩き出してすぐ、桐原は突然の誘いを詫びつつも、応じてもらって嬉しいと言った。笑顔も声も歩くペースも自然で、まるで以前からの知り合いのようだ。営業マンとは誰でも皆、如才ないのだろうか。社交力のレベルが自分とはちがいすぎるので、よその国から来た人と国際交流している気分になる。

鶏もも肉のローストやら真鯛のポワレやらをそれぞれ頼み、料理が来るまでの間に好きな作家を聞かれた。佳菜恵は緊張を隠して「辻村さん」と答えた。打てば響く速さで「いいですね」「僕も大ファンです」と返ってくる。

「辻村さんの作品で何がお好きですか」

来た、と心の中で思う。

「『ツナグ』とか、好きですよ。すごくシビアで重たくもあるけれど、強い光が胸の奥まで差す感じで」

桐原は目を細め口を開け相好を崩した。大草原の真ん中で両手を挙げ、青空に向かって伸びをするような明るい笑みだ。この人には気後れや緊張や警戒心はないのだろうか。

唖然とするような感心するような混乱するような。よその国どころか、よその星から来た人みたい。そう思えばいっそ愉快だ。何を考えているのかと探るようなまねをしなくていい。自分がどう思われているのか気にしなくていい。

桐原は佳菜恵の恐れる「『ツナグ』以外に何が好きですか」という質問もしなかった。自分の好きな辻村作品を楽しげに語るので、相槌を打っているだけで会話が弾んでいる雰囲気になる。佳菜恵の緊張も緩んだ。運ばれてきた料理を美味しく食べられる。

途中で「ミステリはあんまり読んでいなくて」と、真実を薄めながら話すと、桐原はこう言った。

「数じゃないですよ。面白く読めた作品がひとつでもふたつでもあるのなら、十分だと僕は思います。こんなふうに話もできて、少なくとも僕は楽しいです」

また読んでみようかと思った。『ツナグ』以外の、桐原が好きだと言った辻村さんの本。『十角館の殺人』以外の綾辻さんの本。『謎解きはディナーのあとで』以外のミステリ。

密室が、トリックが、探偵役がと、今までおそらく一度も口にしたことのない言葉が飛び交い、ランチタイムはあっという間に過ぎていった。

相変わらず仕事としては地味にこつこつ、各部署からあがってくるキャビネットの買い換え要請や、会議室のホワイトボードの新調案などに応じていた。カタログを発注したり見積書を作ったりしていると、木曜日の定時間際、派遣社員の顔なじみである小椋瑠璃子がやってきた。

瑠璃子は四歳年上でこの会社も佳菜恵より一年長くいる。仕事ができて情報通で、社員たちとも仲がいい。派遣の中でももっぱら仕切り役になってくれる。トークの面白い人でぽんぽんよくしゃべるが、シングルマザーで小学生になる子どもとのふたり暮らしだそうだ。自分の言動に思いのほか気を配る。深入りせず敵を作らずがモットーだと聞いたこともある。

その人から、定時後に一杯だけ付き合わないかと誘われた。初めてのことだ。今ならば思い当たることがひとつだけある。

もしやと思うだけで胸が騒ぎ、よからぬ想像が駆けめぐってしまいそうになるが、幸い瑠璃子はもったいぶる人ではない。立ち飲みバルの片隅に落ち着き、注文したビールが来る前からその話になった。

「野暮は承知の上なのよ。できれば口を挟みたくない。そう思っていたんだけど、何か聞いてませんかとしつこく言われて。そのうち楠田さんの耳にも、変なことを吹き込む人が現れるんじゃないかと心配になったの」

佳菜恵は恐縮して頭を下げた。情けない顔になって唇を嚙む。

「すみません。あの、営業部の人のことですか」

「そうよ。でも謝らなくていいの。私には気を遣わないでちょうだい。ほんとうは、なにWhile のどうしたのと小突いて冷やかしたいところ。ううん。それでもかまわない。お姉さん、胸キュンの話には飢えているからなんでも聞くわ」

「小椋さんに話しかけてきた人は、何が知りたいんでしょうか」

「そりゃ、ふたりの関係性ね。親しそうにしてるのを見て、気になったんでしょ」

「本の話をしただけですよ」

運ばれてきたビールで喉を潤しながら、佳菜恵は桐原とのいきさつを話した。移動図書館を利用しているのかと聞かれ、その通りだったのでうなずくと、彼も本好きだと言う。その流れで一度だけランチに誘われ、会っている間もずっと本の話しかしていない。

「つまり、パンダ好きがパンダの話で盛り上がり、自分の撮った写真を見せ合うような感じ？」

「ですね。まさしく」

うまい喩えをした瑠璃子は、ビールを飲み干し二杯目を注文した。やっぱりお腹が空いたと言ってフライドポテトを追加する。子どもには少し遅くなると伝えてあるそうだ。千夏ちちゃんという女の子で、小学五年生になりずいぶんしっかりしてきたと目を細める。

そして話は桐原に戻る。

「でもね、彼が誰かをランチに誘うなんて初めてのことよ。そういうの、ぜんぜんしない人だから」

思わず「え?」と聞き返す。

「どうしてですか。明るくて気さくで話しやすくて、みんなとわいわいが似合う人じゃないですか」

「たしかにそうなんだけど、定時後の付き合いをほとんどしないの。歓送迎会や同期会みたいな、言わば公式の集まりには参加するのよ。あなたの言うように明るい人だから、いてくれるだけで場が盛り上がる。男女を問わず彼を気に入ってる人は多いと思うわ。でもそれ以外のちょっとした飲み会、食事会、休日のドライブやサッカー観戦は断られるんですって。理由を聞いても教えてくれない。しつこくすると避けられる感じになるので、今では誰も声をかけない。『付き合いの悪いやつ』と見なされているわね。昼休みもだいたいひとりで席にいる。私が見たときはパンを片手にぼんやりしていたわ」

意外すぎて想像できない。ちがう人の話を聞いているようだ。

「仕事はできるのよ。営業マンとしてしっかりやってる。ただ、何を考えているのかわからないことが多くて、見えない壁があるというか、近寄れない線が引かれているというか。だからでしょうね、私に言ってきた子も気にしていたの。あなたとカフェコーナーで話している桐原くんは別人みたいだったって。すごく嬉しそうに、心から楽しげに笑っていたって」

　いや、ちがう。何かが根本的にちがっている。見かけた人の思いちがいだ。

「本を読めばいいんですよ。綾辻行人の『十角館の殺人』。あとは今……今……今川(いまがわ)さん？　村(むら)さん？　そういう作家さんのしじんそうのだいじけんとか、なんとかフィッシュが消えたり出てきたりするような。それがすごいと言ってました。読めば話が合いますよ。私は関係ないんです。桐原さんはミステリの話がしたいだけなんです」

　夢中で言うと、ビールジョッキを手にしていた瑠璃子は驚いた顔になったあと、目を伏せ首をひねり、空いていた片手を佳菜恵の肩に置いた。

　それきり無言なので佳菜恵は再び口を開いた。

「パンダです。ほんとうにパンダの写真を見せ合いっこしただけです。それ以外、何かあるわけないじゃないですか」

　瑠璃子の手が佳菜恵の肩でぽんぽんと弾む。

「わかった。話してくれてありがとね。私なりにうまく言っとく。微力なので胸は叩けないけど」

　食べようとポテトをすすめられ、揚(あ)げたてのそれを摘(つま)んだ。空腹に利く美味しさだ。娘も大好きと言われ、持ち帰りますかと敷(し)いてある紙に手をかけて笑われた。そしてパンダならぬお嬢さんの写真を見せてくれた。

笑顔の可愛らしい子で、子猫とのツーショットもケーキ作りの一場面も微笑ましい。身につけているエプロンにはミニーマウスが描かれ、写真の背景にはリラックマが見えている。リカちゃん人形にも興味があるだろうか。そのうち聞いてみよう。もしも好きならばワンピースでも浴衣でもプレゼントしてみたい。

その想像はしぼみかけていた心に空気を入れ、暗くなりがちな気持ちをスパンコールの輝きが明るく照らしてくれた。


翌日の金曜日、いつものように佳菜恵は持参した弁当を食べたあと広場に出かけた。テルさんもウメちゃんもいつもの業務をこなしつつ笑顔で迎えてくれる。

「あの三冊で大丈夫だったわ。ウメちゃん、ありがとう」

「よかったです。相手の方はほんとうにミステリがお好きなんですね。私も嬉しいです」

テルさんにはミステリをまた借りるのかと聞かれ、二冊くらいと答えた。

「一緒にランチを食べながら本の話をしてとても楽しかったです。話題にあがった本はいろいろあって、興味を持ったんですけど、週末は私、やらなきゃいけないこともあるので本を読んでばかりもいられなくて」

それなりに長い付き合いなので、ふたりにはドレス作りの話をしている。テルさんは指先を動かし縫い物の仕草をした。

「注文が入っているんです。スリットの入ったチャイナドレス。頑張らなきゃ」

「いいですね、それはやり甲斐がある。借りていくミステリについては、もう決まっているんですか」

桐原から聞いたのにあやふやになってしまった作者名や作品名を言うと、テルさんはピンときたらしい。並んだ本から一冊を引き抜く。もう一冊もわかったと、話題の本コーナーから持ってきてくれた。今村昌弘の『屍人荘の殺人』と市川憂人の『ジェリーフィッシュは凍らない』。

「テルさんもすごい。たぶんこれです。そういえば今村昌弘さんの話だったと思うんですけれど、有名なミステリ作品がどんなふうに書かれているのか、自分なりに研究を重ねたそうです。私の会社の人はそれを知って、すごく刺激を受けて、設計図を描くように謎や伏線を分析し始めたんですって。このアイテムをここに出して、ずっと後ろのここで回収、みたいに。びっくりしました。男の人ってそういうのが好きなんですね」

「いやいや。それ、かなりのマニアですよ」

「やっぱり?」

佳菜恵は苦笑いと共に肩をすくめた。

桐原との会話も今のように、ちょっとしたこぼれ話に驚いたり感心したりするのが楽しかった。知らない世界の話を見聞きするのは嫌いじゃない。広場に足繁く通うのも、本バスに積んである本を眺め、この世にはいろんな世界があるのだと実感したかったからだ。保護犬を引き取った話も、花火にまつわる蘊蓄も、アイスランドの暮らしぶりも、自分の日常と関わりがないのに垣間見られてホッとする。なぜだろう。

「どうかしましたか？」

テルさんに聞かれ、首を横に振りかけてふと思った。自分のこともわからないが、今一番の謎は桐原自身なのだ。

「その、ミステリ読みの会社の人、営業マンらしく社交性はあるんですよ。礼儀正しくて話は楽しくて笑顔も自然で。でも会社の人とはほとんど付き合わないんですって。私は部署がちがうのでふだんの様子を知りません。教えてくれる人がいて驚きました。いつも昼休みもひとりで、休日の誘いも断るそうです。想像できません」

　社内での彼をこっそり見てみたいと思うが、用事がなければよそのフロアには行きづらい。口実を作って営業部の知り合いを訪ねて行けばいいのだろうが、その知り合いが佳菜恵には乏しい。

　その日はテルさんの見つけてくれた二冊の本と、動物園の飼育日記や京都のガイドブックを借りてきた。どちらにも行く予定はなかったけれど。

社に戻ると待ちかねたように話しかけてくる人がいた。井川（いがわ）という、桐原とは同期入社の男性社員だ。

「楠田さん、桐原と一緒にランチに行くことがあるんだってね」

経理部なので佳菜恵とは同じフロアにいるものの、口を利くのはおそらく初めてだ。空いているとなりの椅子を引っぱってきて勝手に腰かける。

「半年くらい前に、開発部にいた同期の男がいきなり辞めちまったんだ。外資系の会社に移った。桐原も転職したいようなことを前に言ってたから気になって」

転職？

「そんなの、私に話していいんですか」

男性社員とランチに行った、楠田さんも隅に置けないねという話ならば、コンプライアンスに触れると身構えていたが、ちがうらしい。ちがっていても勝手に桐原のことをしゃべるのは問題ではないか？　気色（けしき）ばむ佳菜恵をよそに井川はけろりとしている。

「大丈夫でしょ。楠田さん、口が軽いようには思えない。まあ、ここだけの話にしといてよ」

いい加減な。

「他に移りたいっていうのは本気じゃなくてもつい口に出てしまうことはあるし、先々の願望かもしれない。だから真に受けないでいたんだけど、飲み会にも顔を出さないあいつが、いつもとちがうことをしたもんだから、何かあったのかと思ってさ」

「私は何も知りません。ランチといっても本の話をしただけです。桐原さんがミステリファンなのはご存じでしょう?」

「あー。みたいね」

ぬるい反応だ。桐原は佳菜恵に対しても敬語で話すが井川は気にしない。同期といえど年齢はまちまちだが、それ以前に性格の問題だろう。

「趣味の話だけならば変化なしってことかな。あいつこれまでも警備員と話し込んでいたり、資料室でこのビルの設計図を眺めていたり、人の名前がびっしり書かれたメモ用紙を持っていたりと、理解できない行動をしていてさ。そのたびにどうかしたのかと振り回されてばかりだよ」

やれやれとため息をつくように言うが、井川は桐原を管理する立場ではないはず。大げさに言うほどの内容でもない。

この人は理解できないことがあるたびに騒ぎ、まわりにまき散らすのだろうか。おそらく対象は桐原に限らない。そう思うと強い力で体中を押さえつけられているようで息が詰まる。学生時代も社会に出てからも何度となく味わった思いだ。

石のように固まっていると井川も興味を失ったらしく、唐突に立ち上がりどこかに行ってしまった。逃げ出したい気持ちをこらえ椅子を元の場所に戻す。呼吸を整えデスクに向き直る。

自分にもできる仕事がある。やりたいこともある。だから材料費を稼ごう。食費を稼ごう。それでいい。それだけでいい。他のことは何も考えない。

週明けからしばらくは平穏な日々が続いた。さらにその翌週の火曜日、桐原が総務部のフロアに現れた。広報課に用事があったらしい。これまでも来ていたのかもしれないが目に入らなかった。今は遠くを横切っても気づいて意識してしまう。

目の前の見積書に集中しているふりをしていると、帰り際、佳菜恵のもとにやってきた。

「この前はどうも」

腰を屈めて小声で言う。

「すごく楽しかったです。よろしかったらまた今度」

「ありがとうございます。私も楽しかったです」

考えるより先に言葉が出る。

「また何か読んでますか」

めぐりんで借りた二冊のことを言うと、彼はたちまち親しみのこもった笑みを向けてくれた。初めて会ったときから何も変わっていない。なれなれしい口調になることもなく、本の話題のときだけ距離が縮まる。『ジェリーフィッシュは凍らない』を読んだばかりだったので、佳菜恵としても話がしたかったが自分から誘うのはためらわれた。誤解されるような行動は避けた方が賢明なのかもしれない。

桐原が去った後も、再びの機会を持つのか拒絶すべきなのか。迷いはなかなか晴れなかった。


翌日、今度は営業部の庶務担当者が備品リストを持って現れた。

派遣社員でランチ会のメンバーでもある渡辺響子（わたなべきょうこ）だ。営業部と言えば桐原の所属先。普段の様子が聞けるかもしれない。

そわそわする佳菜恵をよそに、響子は仕事の話だけであっさり切り上げていく。黒目がちの瞳が可愛らしい年下の女の子だが、見かけよりずっとしっかりしている。忙しそうな足取りではなかったので、後を追いかけて廊下で呼び止めた。

「もしよかったら、少し話をしてもいい？」

単刀直入に言うと、響子の目が輝く。

「私にですか？　ぜんぜんかまいませんよ。今日は急ぎの締め切りがないんで」

佳菜恵はまわりを見まわし、同じフロアにある給湯室まで移動した。

「ちょっと聞きたいことがあるの。渡辺さん、営業部だから桐原さんを知ってるわよね」

「知ってますとも。楠田さん、聞きましたよ。桐原さんとランチを食べたりしているんですよね」

「一回だけよ。たまたまの一回だけ。それなのにそんなに噂になってるの?」

「気にすることないです。誰と何を食べようと自由に決まってるじゃないですか。すましてればいいんですよ。どうせすぐ新しいネタが現れてみんなそれに飛びつきますから」

さばさば言われ、少し気が楽になる。

「そうよね。早くそうなってほしいわ」

「意外は意外でしたけど。楠田さんと桐原さんって接点ありましたっけ」

佳菜恵は移動図書館がきっかけだと話した。響子は少女漫画みたいと喜ぶ。

「私からすると桐原さんって、人見知りもなく誰とでもすぐ打ちとけて、いろんな人とランチに行ったり飲みに行ったりしてるように思えるんだけど。付き合いが悪いってほんとう?そんな話を聞いたの」

「いい方ではないですね。飲み会の誘いを断っているところを何度か見かけました。カレンダーを見て考え込んだ後に断っていたので、ほんとうに用事があったんだと思いますよ」

「お昼もひとりなの?」

「営業部は基本ばらばらなので。ただ、会社にいるときは自分の席にひとりでいますね。居眠りしているときもありますよ。時間になっても起きないので、そっとつついたことがあります」

想像できないが、瑠璃子の話はほんとうのようだ。いつもひとりでいる人が、よその部署の人間とランチに出かけたのでみんな驚いたのだろう。

「桐原さんって、たしかにちょっと謎めいているかもしれませんね」

「どういうこと？」

「ちょっと前に会社の外で見かけたことがあって。そのとき……」

言いかけて、響子は口ごもる。

「途中でやめないで。話してよ」

「ですね。二、三ヶ月前のことです。種川駅の近くにあるバーに友だちと寄ったら、桐原さんがカウンター席にいました。女の人と一緒に」

ありえない話ではない。続きを促す目をした。

「桐原さんより年上に見えました。メイクばっちりで、左目の下にほくろがあって、結い上げている髪の毛の後れ毛と相まって、私の目から見ても色っぽかったです。友だちは高級クラブのお姉さんみたいだと言ってました。まさにそんな感じ」

「へえ」

「そのお姉さんと桐原さん、すごく仲が良さそうだったんですよ。笑ったり小突き合ったり肩を寄せてひそひそやったり急に大きな声を出したり。ほんとうに楽しそうで、会社にいるときとは別人のようでした」

彼ならば親しくしている女性がいてもおかしくない。ひとりぼっちの昼休みを聞いたときよりも驚きは少ない。

「桐原さん、そういう人がいるのね。いいのよ、いても。私とはご飯を食べながら本の話をしただけだから。ミステリの話をいっぱいして楽しかった。次の機会もあるといいな」

「ですね。美味しいランチを食べてください。あ、派遣女子とのご飯も付き合ってくださいよ」

　もちろんと笑顔でうなずき、響子とは廊下の真ん中で別れた。

　驚きは少なかったので「次の機会」などという言葉もさらりと出た。けれど、ダメージも少ないかとなるとそうではないらしい。気持ちを入れ替え仕事を再開したが、意味もなく笑顔になったりキータッチが強くなったりと、おかしなテンションが定時まで続き、帰宅後は部屋のベッドに倒れ込んだきりしばらく動けなかった。

　桐原のことなどきれいさっぱり忘れて、もとの生活に戻ればいい。出社して仕事して帰宅して自分の部屋で人形の服を作る生活。それで十分楽しかったし満たされていた。ギンガムチェックや花柄や水玉模様やつるつるのサテンの生地に鋏（はさみ）を入れ、ミシンで縫い合わせ、レースやリボンを縫い付けていく。

　狭い部屋でじっと固まってする作業だけれど、抑えつけるものや縛り付けるものがなく、小さな手仕事の向こうに無限の広がりを感じることができた。閉じている中で、解き放たれる喜びを味わうことができた。

これさえあれば他にいらない。その通りだ。声に出して言ってみる。

「何もいらない。満足できる」

でも、「これさえあれば」の「これ」は何を指すのだろう。ゴージャスな舞踏会のドレスはお伽噺(とぎばなし)の中にしかないのだろうか。無限の広がりはどこに続いているのだろう。佳菜恵の脳裏に本バスの棚がよぎる。さまざまな世界に生きる雑多な人々。いい人も、そうでない人もひしめいている。

自分の部屋も、作る服も、そこに繋がっているのではないだろうか。

4

金曜日。二週間に一度のめぐりんの日。広場に着いて借りた本を返し、佳菜恵はいつものように棚をぐるりと見てまわった。

テルさんと目が合ったので、『屍人荘の殺人』と『ジェリーフィッシュは凍らない』、あの二冊はヘビーでしたよと笑いかけた。

「時間はかかったんですけど、読み終えたときに達成感があって、素晴らしく面白かったです」

「それはよかった。今日も何か借りていきますか」

投げかけられ、「ええ」と返す。桐原に親しい女性がいるからといって、にわかにミステリから離れるのは情けない。読みたい気持ちはあるのだ。もう少し読んでみよう。できればもうちょっと薄くて取っつきやすいものを。

そんなことを考えながら小説の棚を眺めていると、いい匂いのする女性がとなりに立った。視線を向けると目が合う。自分よりいくつか年上で、完璧にメイクをした綺麗な人だ。ざっくり編み込んだ三つ編みから後れ毛がのぞき、軽やかで優しげ。左目の下にあるほくろが個性を際立たせている。

まるで響子の話にあった人のようだ。色っぽくて昼間の町より夜の方が似合いそう。

「ミステリがお好きなんですか」

女性は柔らかく微笑んで艶(つや)やかな唇を動かした。

「ごめんなさい。テルさんとのやりとりが聞こえたもので」

ふたりのことを知っているらしい。でも彼女をここで見たのは初めてだ。佳菜恵の疑問を察したように彼女は言った。

「私もめぐりんの愛用者なの。いつも利用してるステーションはここじゃないんだけど、用事があって近くに来たらめぐりんがいるでしょ。嬉しくなって寄ってしまったわ」

「そうなんですか」

「おまけに『屍人荘』と『ジェリーフィッシュ』を借りて読んでいる方がいて、ますます嬉しくなったところ」

「ミステリファンでいらっしゃるんですね。私はちがいます。たまたまです」

「たまたまであの二冊というのはすごい」

かもしれない。理由はちゃんとある。でもそれは言えない。

「ふだんは小説そのものをほとんど読んでないんです。だからほんとうはかなり手こずりました」

「がっつりした長編ですものね。慣れない方にはきついかも。でも読み終わったんでしょう？　やっぱりストーリーが面白かったのかしら」

「はい。初めの頃は同じところを何度も読んだりして進まなかったんですけど、わかってくるとスピードも速くなりました。登場人物たちのやりとりは最初から楽しかったですよ。それに引っぱられる感じで」

女性はアイラインとマスカラで華やいだ目を見開き、肩から提げているバッグに手を入れた。何が出てくるのかと思ったら手帳と筆記具だ。どうしたのだろう。呆気(あっけ)にとられているとウメちゃんがやってきた。

「ボタンさん、何やってるんですか」

「メモよ、メモ。こちらの方が今、書き留めたいことをおっしゃったの」

「熱心ですね」

「それだけが取り柄だもん。って、謙遜(けんそん)を交えているからそのつもりでね」

「晴れ晴れとした顔をなさってるところを見ると、ひと区切りついたんですか」

「そうなの。なんとか間に合った。今度こそ大願成就(たいがんじょうじゅ)よ。その前に別の結果が出る頃で、毎日そわそわ電話を待ってるわ」

「よいお知らせが来たら教えてください。明日の土曜日は来ていただけそうですか」

「もちろん。いい企画を考えてくれて感謝してる」

話の内容はわからないがそばで聞いていると、駆け寄ってくる人がいた。視線を向けてぎょっとする。桐原だ。

「ボタンさんっぽい人がいると思ったら、やっぱりボタンさんだ。あ、楠田さんも」

逃げも隠れもできない。そして、今の言葉からすると桐原とバーで飲んでいたのは、となりに立つ女性らしい。

どうしよう。

「何の話をしていたんですか。あ、ミステリの話？　ですよね。ほらボタンさん、うちの会社でやっと見つけたミステリ好きの人です。二週間に一度、欠かさず移動図書館を利用して本を読まれてる。好きな作家さんは辻村さんで。そうでしたよね、楠田さん」

フリーズしたパソコンのように佳菜恵はかたまった。近くにいるウメちゃんやテルさんは今、どんな顔をしているのだろう。ボタンさんというほくろ美人にも、たった今、ミステリだけでなく小説そのものを読まないと話したばかりだ。桐原には嘘をついていた。見え透いた真っ赤な嘘。恥ずかしくて消えてなくなりたい。

「桐原くんの話していた方なのね。めぐりんで巡り会えるなんて、運命みたいで嬉しい。もっと話していたいけど、そろそろギャラリーに行かなきゃ。駅前のお花屋さんにフラワーアレンジメントも頼んできたし。もう仕上がる頃よ」

ウメちゃんが「ギャラリー？」と聞き返す。

「共通の友だちが、駅前の画廊で作品展をしているの。のぞいてこようと思って。桐原くん、行きましょう。まずは花屋さんよ。皆さん、お先に失礼します」

桐原はまだ話したそうにしたが、ボタンさんが颯爽と歩き出したのであわてて会釈した。連れだって駅前の方に歩き出す。

つむじ風が吹き抜けていったような出来事だ。佳菜恵はしばらく呆然としてしまった。気がつくとウメちゃんもテルさんも自分の仕事に戻っている。気持ちを落ち着けたくて、料理や宇宙旅行の本を選び貸し出しカウンターに並んだ。ウメちゃんはにっこり微笑むだけだったが、本を袋にしまっているとテルさんがやってきた。

「賑やかなふたりでしたね。いや、賑やかなのはボタンさんだけか」

「はあ」

「おかげで桐原さんのことがわかったような気がします。確信はできませんけど」

思わず目を瞬く。

「明日の午後、本館で講演会が開かれるんですよ。楠田さん、よかったら来ませんか」

テルさんは何に気づいたのだろう。桐原の何がわかったのだろう。

尋ねる顔になる佳菜恵に、一枚のチラシが差し出された。


本館と呼ばれる種川市の中央図書館を訪ねるのは久しぶりだった。二年前に手芸作家を招いた講座が開かれ、佳菜恵も羊毛フェルトのブローチ作りに挑戦した。可愛いロバができて今でもお気に入りだ。

今日の会場も二階にある第二会議室だ。三階には百数十人が着席できる第一会議室があり、第二の方はそれよりもこぢんまりとしている。手芸のときは長机が用意され、定員は三十人だったと思う。今回もそれくらいだ。

佳菜恵はもらったチラシを手に、開始時間より前に着いたものの、二階に上がるのをためらい一階の掲示板コーナーにいた。どんな人が参加するのか見当も付かない。心細い思いでいるとテルさんがやってきた。

ステーション以外で姿を見るのは初めてだ。エプロンを着けていないので勤務外なのだろうか。テルさんが階段の方に行ってしまうので、あわてて呼び止めた。

「ああ、楠田さん。お休みの日にすみません。無理やり勧めてしまいましたね」

「いいえ。でも私には畑違いの講座で、尻込みしていたとこです」

「お気持ちはわかります。私も門外漢ですから。面白そうなので後ろの方で聞いてみようかと。どなたでも自由参加です」

「昨日お会いしたボタンさんもいらしてるんですよね。桐原さんも……？」

テルさんはうなずき、言葉を選ぶようにして言った。

「桐原さんが好きな作家として綾辻さんをあげるのは、ミステリファンとして王道だそうです。ウメちゃんに教えてもらいました。でもそのあと名前の出たのは、最近デビューした若手作家です。新人さんに興味があるのかもしれませんが、創作裏話である有名作品の研究を、自分もやってみるというのはなかなかできないと思いました」

「あのときテルさんは、かなりのマニアと言ってましたね」

「はい。熱意をもって取り組むべき対象を持っている人ですね。そう考えれば定時後や休日に付き合いが悪くなるのはしょうがないですよ。仕事以外の時間を、できるだけそちらに使いたいのでしょうから。楠田さんと同じように」

「私と？」

「楠田さんの場合は人形のドレス作りでしたね」

言われている意味がすぐには飲み込めない。

「ドレス作りとミステリではちがいすぎるでしょう?」

「創作という意味では遠くないと思いますよ」

「桐原さんも作っているんですか」

「徹夜してでもやりとげたい創作ですね」

「桐原さんもボタンさんも?」

「私にはよくわからないんですけど、締め切りの瀬戸際というのがあるらしい」

彼女がなんの仕事を生業にしているのかは知らない。でも佳菜恵の口にした何気ない言葉を、わざわざメモするようなひたむきさもあった。桐原の研究熱心と通じるものがある。

テルさんの目が掲示板に貼られたポスターに向けられている。

今日の講座のタイトルを佳菜恵も見つめた。

『めざせミステリ作家　夢を夢で終わらせないために』

講師役は数多くのミステリ作家を輩出した出版社の元編集長だ。ミステリ界隈では有名な人らしい。

会議室に入ると席はほとんど埋まっていた。昨日の段階で予約できたので余裕はあるのかと思ったが空席は少なく、テルさんとも分かれて座った。

手芸イベントは女性が多く、親子連れや友だち同士もいたので話し声や笑い声が聞こえ、机に置かれたステーショナリーやポーチ類はカラフルだった。殺風景な会議室が少しは華やいでいたが今日は静かで、咳払いやノートをめくる音が聞こえてくるくらいだ。男性がやや多いだろうか。

部屋に入ると同時にぐるりとあたりを見まわし知った人を見つけた。ボタンさんと桐原だ。ふたりは離れたところに座っていたが、どちらも前方の席だ。きょろきょろすることなく手元のノートを見たり、窓の外を眺めたりしていた。

やがて時間になりウメちゃんが司会者としてマイクを握った。館長さんの挨拶の後、ウメちゃんの聞き取りやすい声で注意事項が伝えられ、講師役の元編集長が登壇（とうだん）した。ざわめきと拍手が起こり、静まりかえっていた部屋の空気が変わる。相変わらず私語の類はないが講師の話に熱心に耳を傾け、ちょっとした冗談に笑う、驚く、メモを取る。

門外漢にとってもミステリ界の現状や新人賞の舞台裏、厳しい生存率、こぼれ話など面白く、佳菜恵も知らず知らず引き込まれた。

ただの趣味ではなく対価を求めるのならば質の高さは必須で、ひとりよがりではなく、個性的でなくてはならない。これなどはドレス作りにも言えそうだ。売り物の品質は下げられず、デザインも他と似たり寄ったりでは相手にされなくなる。自分なりの工夫や新しさをひねり出さなくてはいけない。

似ている点もあるが、目指している場所のちがいにも気づかされる。佳菜恵のやっているドレス作りの売り上げはまだまだ小遣い程度にしかならない。手芸だけで食べていける人はどれくらいいるだろう。ごくわずかなはずだ。厳しさが察せられるので、これまで本業にしたいと思ったことはなかった。

ミステリも負けず劣らず狭き門のようだが、この部屋には本気で挑戦している人がいる。おそらくボタンさんも桐原も。

佳菜恵は経理部の井川の話を思い出した。桐原は今の会社から他に移りたいと漏らしたらしい。「他」とはまったく別の業種、出版界だったのではないか。警備員と話していたのも、ビルの設計図を見ていたのも、作品の構想を練っていたのかもしれない。

壇上の講師は身近なところから題材を拾い、そこからどう話を膨らませるか、既存の作品をもとに語っている。今に、うちのビルによく似たビルで働く主人公が、不可解な出来事に遭遇し、あっと驚く結末を迎える小説が読めるのかもしれない。そうだったらどんなに楽しいだろう。

それまでに、いや、もっと早くに誤解を解いておかなくては。移動図書館はいつも利用しているけれど、今まで借りていたのは小説ではない本ばかり。ミステリは読んでいなかった。辻村さんのことも、知ったかぶりしてごめんなさい。『ツナグ』が面白かったのはほんとう。『屍人荘』や『ジェリーフィッシュ』を読んだのもほんとう。他のも読んでみたい。少しずつ。自分のペースで。

たとえこれから桐原と話をする機会がなくなっても。

自分の世界と桐原の世界はどこかで繋がっている。苦手な井川のような人間とも繋がっているのはいかんともしがたいが、いろんな人がいてこそ現実なのだろう。


講演会が終わり会議室の扉が開き、廊下でテルさんと立ち話をしているとボタンさんがやってきた。収穫がたくさんあったと上気した頬で言う。他の参加者とも手を挙げて挨拶していたので顔が広いなと思っていたら、創作教室の仲間だという。

「桐原くんもそうなのよ」

どちらも本気でプロ作家を目指しているという。

ボタンさんから遅れること数分、桐原が廊下に出てきた。

「楠田さんも参加してたんですね。引き揚げていく人を見て初めて気がつきました」

「チラシを見て、面白そうだったので」

「あの、もしかして、楠田さんもミステリ作家を目指しているのでは」

思いがけないことを言われて笑ってしまった。彼は早とちりの傾向があるようだ。名探偵からは遠い気がして心配。

ちがうんですよ。私がなりたいのは……。

頭の中で答えを探し、佳菜恵はあらためて思う。

自分がなりたいものはなんだろう。

フリルたっぷりのゴージャスドレスが浮かび、鋏や縫い針の感触が指先に蘇る。リボンもビーズもふんだんにちりばめた会心の一作をきっと生みだそう。

思い描くだけでテンションが上がる。もしかしたら桐原やボタンさんも斬新なトリックを思いついたとき、こんな気分になるのかもしれない。

「ねえ、立ち話よりも何か飲みに行かない？　喉が渇いたわ」

ボタンさんが言い、桐原が応じる。

「一階にカフェがあるみたいですね。楠田さんもいかがですか。よかったらぜひ」

「あそこはビールがないのよ」

「ライブラリーカフェなら私もご一緒したいです」

「テルさんが言うなら、いいわ、あそこでも。ウメちゃんはどうかしら」

「噂をすれば何とやら。おーい、ウメちゃん。下のカフェにいるよ」

「下？　行きます行きます。待っててくださーい」

ウメちゃんに手を振って歩き出す。

壁と天井に囲まれた廊下を歩いていても、この場所からどこにでも行ける。想像力さえあれば、一冊の本から宇宙旅行もできるように。

団地ラプンツェル

1

どこかで見たような顔だと思った。下ぶくれの丸顔にぼさぼさの眉、笑うと目尻に皺の寄る双眸、存在感のある鼻、口元にのぞく綺麗な歯並び。小柄だけどがっちりした体軀や、相槌を打つときの頭の振り方など、記憶の奥底から立ち上がるものがある。

場所は宇佐山団地の二丁目集会室前だった。征司の住む三丁目十二号棟からほど近い。ここに二週間に一度、移動図書館がやってくる。通称「本バス」、愛称「めぐりん号」。

今年七十歳になる征司も暇にまかせてたびたび利用している。本バスがいるのは夕方の十五時半から一時間弱で、征司が寄るのは到着してすぐの頃だ。借りていた本を返却し、気ままに歴史小説やエッセイなど三、四冊を選び、人が増える前に貸し出し手続きを終えて離れてしまう。

常連さんとおぼしき人たちが少々苦手だった。ほとんどが昔ながらの団地の住人で、顔見知りと雑談を交わしている。晴れたの曇ったの、寒いの暑いの、どこそこの花壇で花が咲いただの、スーパーの目玉商品がいつ売り切れただの。そういった他愛もないやりとりが、日々の暮らしの中でちょっとした潤滑油になるのはよく知っている。そうですね、暑いですね、ひと雨来そうですねと口を利いたあと、征司にしても足取りが軽くなっていることがある。

ただ、二年前に亡くなった妻の姿が、立ち話をしている女性たちの間にまだいるような気がして、避けがちになってしまう。

他のことはだいぶ慣れたのにと思いつつ、いつもの時間に家を出ようとしたのだが、所属している散歩の会のメンバーから電話があって遅くなった。集会室前に到着したのは十六時近かった。

幸い、と言っていいものかどうか、賑やかな井戸端会議は開かれておらず、メインスタッフであるウメちゃんこと梅園さんも、運転手であるテルさんこと照岡さんも、リラックスした雰囲気で返却コーナーやら貸し出しカウンターやらで業務に勤しんでいた。

そんな中、自分と同年代の男性を見て、征司は小首を傾げた。本バスの利用者としては初めて見る顔だがどことなく覚えがある。ウメちゃんたちとの会話からすると、この団地の住人で、本バスの利用も何度目かのようだ。

さりげなく注意を向けていると、男性の笑い声が耳に入りひらめいた。

相手も征司の視線に気づき目が合う。

「もしかして久地……?」

「はい。そうですけど」

「やっぱり。おれだよ、おれ。前川征司」

相手の目が見開かれ、次の瞬間、くしゃりと顔中に皺が寄った。

「征ちゃん。うわ、こんなところで会うなんて」

「よかった、人違いじゃなくて」

「よく気づいたな。えらいよ」

お互いに手が伸びて、腕を叩いたり肩を小突いたりする。外国ならハグなのだろうがそんな文化はなく、すぐ近くでウメちゃんもテルさんも、おっさんふたりの不器用な盛り上がりを見守る。気恥ずかしさと共に説明した。

「同じ小学校に通った同級生なんですよ。もう何年前になるんだろ」

「お互い七十歳だよ。かれこれ六十年前だな」

征司は思わず「ひゃー」と仰け反った。

「そんなになるか。でも大ちゃん、昔のまんまだ。だから気づいたよ。と言いたいとこだけど、やっぱりじいさんだな。狭かったはずの額が広くなって深い皺が何本も入ってる」

「おまえに言われたくないよ。自分だって立派な白髪頭だぞ」

漫才のようなやりとりにウメちゃんは笑い、テルさんはそれより少し控え目に微笑んだ。定年退職後に本バスの運転手になったテルさんなら、年はそう変わらないはずだ。言わばおっさん仲間。

その場での立ち話は遠慮して、征司たちは近くにあるベンチに移動した。小学校を卒業してから中学も同じ公立校に通ったのだが、大ちゃんこと久地大悟は柔道部に入り、放課後も休日も忙しくしていた。付き合う友だちも変わり、いつしか廊下などで挨拶する程度の仲になっていた。

高校は別の学校に入り、征司は大学に進んだものの、大悟は進学せずに親のやっている工務店で働き始めた。

小学校時代のクラス会や入院した友だちの見舞いなど、二十代は何度か会った記憶があるが、仕事が忙しくなるにつれ疎遠になり、最後に顔を合わせたのは担任の先生の通夜の席だった。四十歳になったばかりの頃だ。互いに気づいて会釈し、言葉を交わさずに別れた。

「征ちゃん、いいとこの大学を出てサラリーマンとして定年退職か。昔から勉強できたもんな」

「よく言うよ。部品メーカーの経理担当として、帳簿とにらめっこの四十数年だ。大ちゃんは家業一筋だっけな」

「そうなっちまったよ。景気のいいときもあったが、悪いときはとことん悪くて、泥船状態だった。家族だけじゃなく、従業員も抱えているから沈没もできず、文字通り髪振り乱し駆けずりまわった。今ではほら、髪がないからそれもできやしない」

大悟は頭に手をやってつるりと撫でてみせる。征司も頰をほころばせた。

「工務店ならいいじゃないか。怪我ない方が」

「おっと、親父ギャグ」

肘で小突かれ笑いながら顔を上げた。青々と茂った木々の葉が揺れている。ベンチにいると感じないが、上空では風が吹いているのだろう。塾に行くのか、揃いのバッグを提げた小学生たちが目の前を通り過ぎていく。

「しかし、こんなところでばったり会うとは奇遇だよなあ。征ちゃん、この団地に住んでるの？」

「二十年くらい前に中古物件を買ったんだ。その頃はもう、夫婦ふたり暮らしだったから。月々の返済がらくなところを選んだ」

宇佐山団地は最寄りの鉄道駅までバスを使わねばならず、交通の便はよくないが、征司の勤務先である部品メーカーは種川市の近くにあるので通勤はなんとかなった。

「でも二年前にかみさんが亡くなってね。今では侘しいひとり暮らしだよ」

大悟は「そうかあ」と労るような声を出す。腕っ節が強く言いだしたら聞かない頑固者。行動も言葉遣いも荒っぽいものの、どこか愛嬌があって憎めない男だったが、こんな声も出せるようになったのかと感慨深い。

「子どもは？　いなかったっけ？」

「ひとりいるんだが、仕事の関係で金沢に行ってね。そこで結婚して家も建てた。こっちに帰ってくる気はなさそうだ」

息子の顔がちらりと頭をよぎる。嫁さんや孫たちの顔も浮かぶ。征司も妻の利恵子もきょうだいはいたのだが、両親を押しつけっぱなしにしたくなくて、気づかぬうちに無理をしすぎた。親孝行のまねごとをしているうちに、金銭的にも身体的にも負担が重くのしかかった。利恵子はきっぱり、ひとり息子の聡太には好きにさせたいと言い、金沢行きにも金沢での結婚にも異議を唱えなかった。病気が発覚したあとも、悔やむようなことは最期まで口にしなかった。見上げた心意気だと我が妻ながら思う。それだけ親たちの世話に苦労した証でもある。

「大ちゃんはどうしてここに？」

「まあね、いろいろあって」

「まさか、住んでるわけではないだろ」

「なんで『まさか』なんだよ。住んでいてもいいだろ。いいとこだよな。高台に広がる大型団地。おれたちの地元じゃないか。さんざん遊びまわっていた山の上に出来たんだぞ。征ちゃん、覚えているか。せっせと作った秘密基地や木の上の家」

もちろんと征司は目を細めた。

「作っても作っても大雨や台風でめちゃくちゃになり、先生や親からは危ないからやめろと怒られ、わかりましたと約束してからはほんとうに秘密になったよな」

「大雨で川の水が増水し、崖崩れがあちこちで起きてる中、心配して様子を見に来たのは後にも先にも征ちゃんひとりだ。おれ、今でもよく覚えている。合羽(かっぱ)ごとずぶ濡れで、黒いてるてる坊主みたいだった」

大笑いされたが、それを見ていた大悟も濡れそぼった野生の猿そのものだった。

お互い無鉄砲で無防備な、恐いもの知らずの子どもだった。結託しての共同作業が面白くないはずがない。秘密基地で食べた駄菓子の味も、木の上の家で読んだ怪人二十面相も未だに覚えている。

思い出話に浸っていると本バスが撤収作業に入った。広げていたブックカートやカウンターをしまい始める。ふたりして立ち上がり駆け寄ると、「まだ大丈夫ですよ」と声をかけられた。

征司は目についた本を棚から選び、大悟も数冊を抱え、共に貸し出し手続きを終えた。持参した袋にしまうと、どちらからともなく「じゃあな」と笑みを交わす。

「本バスを利用してるならまた会えるよな」

「うん。征ちゃんはやっぱり変わらない。昔もよく本を読んでたよ。おれはたまたまの気まぐれだけど、これを借りたから二週間後にまた来る」

「今度はもっとゆっくり話そう。大ちゃんはどっち?」

「おれは向こう」

大悟はそう言って宇佐山団地の南方面を指差した。そして昔に比べれば遅い足取りではあるものの、背筋をしゃんと伸ばしてゆるやかな坂道を下りていった。

2

なのに二週間後の巡回日に、大悟はいつまでたっても現れなかった。

征司は本バスの到着時間をめがけて家を出て、店開きの手伝いまでした。途中から近くのベンチに腰かけ道行く人に注意を払ったが、十六時を過ぎたあたりから落ち着かなくなる。再び本バスの棚に歩み寄り、「どうしたのかな」とつぶやいた。

テルさんが気づかうような顔を向けてきた。

「また来ると言ってたんで、待ってるんですけどね」

前回、年甲斐(としがい)もなくはしゃいでしまったので決まり悪かったが、テルさんも覚えていたようで、待っている相手が誰なのかは察しがついたらしい。

「まだ時間はありますよ」

「前回は偶然会ったんですけど、あいつはこれまでもこの移動図書館を利用してたんですよね？」

テルさんはまわりを気にしながら曖昧（あいまい）に微笑む。どうやら利用者のプライバシーに触れる質問だったらしい。職員として答えられないのだ。最近はあらゆる場面でさまざまな配慮がなされている。

「すみません。気軽に聞いてはダメですね。いえその、急に来られなくなるのは誰にでもあることですけど、相手の電話番号を知らなくて。住所もわからないんですよ。この団地にいるような口ぶりだったけど」

征司は顔を上げて身体をひねり、四方を見渡した。

「これだけ建物があったら、どの部屋に住んでいるかは、おいそれとはわからないですよね。もっとちゃんと聞いておけばよかった。いや、今日は聞くつもりだったんですよ」

言い訳がましいことをつい言ってしまう。

「年を取ったからうっかりしたのか、昔から気が利かないのか。どっちにしても面目ない」

「男はそんなものですよ。って、しっかり者の男性に怒られますね」

「たしかに」

また今度の言葉を信じて、今日のところは諦（あきら）めよう。二週間後に自分も元気でいなくては。

そんなことを考えていると、「おじさん」と背後から声をかけられた。

振り向くと小学生くらいの男の子がふたり立っている。ひとりは長身で眼鏡をかけている。もうひとりは小柄で髪の毛をぴっちり七三に分けている。記憶が正しければ、この子たちも本バスの常連だったはず。

「今話していたのって、二週間前にそこのベンチでしゃべっていた人のことでしょ？」

七三分けの子に言われてうなずく。

「ぼくたち、あのおじさんの部屋を知ってるよ」

「そうなの？」

「教えてあげようか。今ならいいよ。ぼくたちについてきてよ」

本はすでに借り終わっていた。急ぎの用事もない。突然の申し出に面食らい、キツネにつままれているような気もしたが、「団地の中だよね？」と念を押せば「そうだよ」と返ってくる。ならば大丈夫だろう。本バスの利用者という、ちょっとした安心材料もある。ほんとに知ってるの、足場の悪いところは行かないのよ、言葉遣いは丁寧にねと、さっそくウメちゃんが母親のようなことを言う。子どもたちは「はーい」と調子のいい声を出し元気良く踵(きびす)を返した。

歩きながら名前を教えてくれた。眼鏡の子は宮崎智也(みやざきともや)、七三分けは田中綸太郎(たなかりんたろう)。ふたりとも宇佐山小学校の五年生で、智也は幼稚園の頃、綸太郎は小学二年生のときに、団地に引っ越してきたそうだ。征司が二十年前から住んでいると言うと、驚いたり笑ったり。

これまでも団地内のイベント、夕涼み会やクイズラリーなどで小学生たちに接してきたが、団地内を子どもと並んで歩くのは珍しい。三丁目の集会室前から坂道を下りて、四丁目エリアの中央道路から一本内側にある歩行者だけの通路を進み、五丁目に入る。

小学生コンビは慣れた雰囲気で建物の間を進み、スロープを上がり角を曲がる。征司にとっては四丁目の奥から先はほとんど知り得ない場所だ。やがてちょっとした広場に出て、整備された花壇が並ぶところに来ると、ふたりの足は止まった。

目当ての棟に着いたらしい。五丁目八号棟。「ここだよ」と入口のひとつを指差す。

「へえ。集会所からは遠いね。ここの何階なんだろ」

それまでよく通る声でしゃべっていた綸太郎が、にわかに声をひそめて「一階」と答えた。智也も「左」と小さな声で言う。宇佐山団地はほとんどの棟が五階建てで、階段を上がると左右にドアがある。また上がると左右にドア。そうやって各階ごとに二戸、計十戸がひとつの階段と、郵便受けなどを設置した入口スペースを共有している。

綸太郎と智也はその入口近くに立ち、やけに真剣な顔で「どうぞ」と征司を促した。連れてきてあげたよ、たぶんここ、じゃあねと立ち去るような雰囲気ではない。征司が怪訝(けげん)な顔をすると、「ここだってば」とじれったそうに言う。急かされて建物内に入り、一〇五号室のドアの前に立つ。

「おじさん、チャイム、チャイム」

今度は身振り手振りで押せというリアクションを取る。

なぜ彼らは指示するのだろう。ここに何があるのだろう。ほんとうに大悟の家なのか。

征司は困惑と共に顔を上げて表札を確かめた。ドアの横に設けられたネームプレートに旧友の名前は書かれていない。

すぐさま引き返し、建物の外に出る。子どもたちはなんでチャイムを押さないのかと、なじるような勢いだ。

「君たちちょっと待って。一階の左側の部屋、一〇五号室でまちがいないのかい?」

「うん。そう」

「だったら探している部屋じゃない。おじさんの友だちは『久地』って言うんだ。一〇五号室の表札には『内藤(ないとう)』とあった」

「そうだよ、内藤だよ」

「だからちがう。見ず知らずのよその人の家だ」

「でもおじさんの友だちは二週間前、あの家に入っていったよ。ちゃんと鍵を持って、それを使ってドアを開けたんだ。しばらく待ったけど出てこなかった。あの部屋に住んでるに決まってる」

きっぱり言い切られ、返答に困る。

「もしかして君たちは、おじさんの友だちの知り合いなのかい？」

「ううん。でも今言ったのはほんとうだよ。あの部屋に入っていった」

話が噛み合わない。こんなときは切り上げるに限る。

「貴重な情報をありがとう。おじさんの方でも調べてみるよ。今日のところは引き揚げる」

とたんに小学生コンビは「えーっ」と批難がましい声をあげた。

「どっちにしても今は家にいないって。急な用事ができたから、本バスにも来なかったんだ。見てごらん。部屋の明かりはついてない。中に誰もいない」

征司が顎をしゃくると、ふたりはてんでに背伸びをして一階の部屋をうかがった。位置や角度の関係で五丁目界隈は早い日暮れが訪れている。子どもたちは渋々認め、だったらと口を開く。

「一〇五号室に誰かいるとき、もう一度ここに来て確かめてくれる？」

「なんでそんなにこだわるのかな。おじさんの友だちは知り合いじゃないんだろ？」

「ぼくたち聞きたいことがあるんです。だからどうしてもおじさんの友だちに会いたいんです。お願いします」

智也が丁寧な言葉で頭を下げる。綸太郎もそれにならう。

征司は返事の代わりにため息をついて、やれやれと白髪頭に手をやった。夕方の時間なので人通りはそれなりにあり、スーパーの袋を提げた人たちがバス停の方角から現れ、制服姿の女子高生は自転車を指定の場所にしまっている。

まるで叱られているような小学生たちが突っ立っていてはかっこがつかない。仕方なく「わかったよ」と返事をする。

建物の前の花壇には濃い緑の葉が茂り、マリーゴールドやグラジオラスが夏の訪れを告げていた。

3

団地内に設けられた移動図書館のステーションに、大悟が現れたのは征司にとっても謎だった。何かしら事情がある口ぶりだったが深くは考えず、次に会ったとき聞いてみればいいと思っていた。その「次」が空振りになっても諦めがつくのは早かったはずだ。

約束や取り決めが反故にされることは長い人生、それこそ星の数ほどたくさんあった。自分にとっては重要であっても、相手もそうとは限らない。逆の場合もしかり。軽い気持ちで破ってしまった約束はいくつもあっただろう。

現役時代は忙しさにかまけてというのが主なる理由だったが、定年後は身体の不調や身内のアクシデントに加え、うっかりの物忘れまである。約束を叶えるのは働き盛りの頃より難しいのかもしれない。

ましてや、大悟と交わしたのはちょっとした口約束。がっかりするのも大人げないと思っていたけれども、子どもたちとのやりとりでにわかに気になった。

　本人に直接聞ければ簡単だろうが、個人的な電話番号の類は紛失している。彼の家業である工務店は調べればわかるかもしれない。でも電話してどう切り出せばいいのか。「大悟さん」と名前を出してスムーズに繋がるだろうか。彼の今の立場を征司は知らない。大ごとにされては面倒だ。

　そこで共通の友人の中から、唯一、年賀状のやりとりをしている男に電話をかけてみた。年賀状には電話番号も添えてあるのでこんなとき助かる。

　久しぶりの電話だったが、「おー、生きているか」とくったくのない声が聞こえて、少しばかりの緊張がゆるむ。こちらの住まいや家庭環境は知っているので話も早い。団地内に来る移動図書館で大悟に会ったと言うと、田口というその男は大いに訝しんだ。

「駅前やらショッピングセンターの中ならともかく、高台にある団地になんとなく立ち寄ったりしないよな」

「大ちゃんって、親の工務店を継いだんだろ。今はどうしてるのかな」

「長男が跡を継いで現社長だ。でも大悟もおとなしく隠居するタイプじゃないから。昔なじみの仕事を引き受けて、リフォームやらガレージの建て替えやら、忙しくしてるみたいだ」

「なるほどね。だけど普段着姿で歩いて来たんだよ。仕事中ではなかったと思う。あいつ、団地に住んでるってことはないか？」

「ないよ。久地工務店は繁盛して、自宅は広い敷地に建つ立派な二世帯住宅だ。庭にゴルフのアプローチ練習場なんかあってさ。羨(うらや)ましいかぎり」

ずいぶん差が付いたと卑屈な考えがもたげたが、個人経営の家業を継いでの成果だ。やっかみは自重する。

「ずいぶん頑張ったんだな」

「昔から負けん気が強いと言うか、転んでもただでは起きないしぶとさがあると言うか。ああ、粘り強いと言えばいいんだな」

田口は朗らかに笑ったあと、にわかに声のトーンを変える。

「でも、大きな家まで建てたあいつが団地に出没するって、ちょっと怪しくないか？」

「怪しい？」

「野暮(やぼ)なこというなよ。怪しいとなれば決まってる。あっちじゃないか、あっち」

含みを持たせた声音に、意味は察せられるけれども。

「飛躍してないか、それ」

「ありうるだろ。まだ七十代だぜ。世話になったのか、世話をしたのか、そういう女性がいて今は団地に住んでいる。ときどき会いに行く。奥さんには内緒。そりゃ大変だ。バレたら大騒ぎだぞ」

「よせよ。大ちゃんにばったり会ったのは移動図書館の前だ。ちゃんと貸し出しカードを持って本を借りていったぞ。愛人の家に来てそんなことするか?」

「本好きの愛人かもしれない」

田口は面白がっている。もしも自分がそんな状況に置かれたらと想像し、わくわくしている。舌打ちのひとつもしてやりたいが、征司も小説の中では村上水軍の総大将にもなったし、マンハッタンに住む私立探偵にもなった。田口はさしずめ、愛人宅に通い詰める色男か。

妄想に付き合う義理はないので早々に切ることにする。電話の最後に、真相がわかったら教えてくれと頼まれたので、心の中で「忘れなければ」と前置きしてから了解した。

団地住まいの愛人というのは百パーセントないとは言い切れないだろうが、他にも推論があってしかるべきだろう。征司にしても水軍の軍師になったつもりで、あるいは私立探偵になったつもりで頭をひねってみた。けれどこれといって浮かばない。

ふたりの小学生のこともわからない。もしかしたら大悟ではなく、五丁目八号棟一〇五号室の「内藤家」に用があるのかもしれない。見た限りふつうの一室だったが。郵便受けに郵便物もたまっておらず、ベランダにこれといった不審物も見当たらず、室内は暗かったのでよく見えなかったが窓にはごく一般的なカーテンがかかっているようだった。

あそこに何があると言うのだろう。

考えあぐねていると翌週の水曜日、征司の家に綸太郎と智也がやってきた。連絡先が知りたいと言われ、部屋の番号を教えておいたのだ。

チャイムを鳴らされ玄関ドアを開けてみれば、ふたりは挨拶もそこそこに、「今ならいる」「早く来て」とハアハアしながら繰り返す。大急ぎで走ってきたらしい。熱意には敬服するが、厄介事に巻きこまれそうな危うさがある。かといって、汗を何度も拭う子どもたちを見ているとむげにもできない。征司は渋々家を出た。

先週はどこに連れて行かれるのかわからず、馴染みのないエリアに気後れもあったが、今日は道々ふたりに話しかけた。

まずは大悟に会ったら何を聞きたいのか。ストレートに尋ねると口をつぐまれる。一〇五号室の様子をずっとうかがっていたのか。その質問には、学校があるのでずっとではないが、ときどき見に行っていたと答えた。内藤さんは知っているのだろうか。これには「はい」でも「いいえ」でもなく曖昧な顔をされる。

聞きたいことがあるなら直接一〇五号室を訪ねればいいのに。わざわざよそのじいさんを連れて行くまでもない。征司がぼやくと、ふたりは苦笑いを浮かべた。

「おじさんの友だち、おっかなそうなんだもん」

「そんなことないだろ」

「ほんとはちょっと、怒られるようなことしちゃったんだ」

何かと思えば、ふたりは室内が見たくてベランダによじ登り、柵の間からのぞいたそうだ。

気づいた大悟にどやされ、大あわてで逃げ出したと言う。

「そんなことをしたのか。いつ頃?」

「この前おじさんを連れて行く少し前」

「ごめんなさい。悪いことをしたと思っています」

口々に言う。七三分けの綸太郎は言葉遣いにまったく無頓着だが、智也の方は敬語を使う。

そして積極的な綸太郎の陰に隠れがちだったが、話すのは智也の方が得意らしい。

「大悟が恐くなって、おじさんを使うことにしたのか」

「おじさんのことは知ってます。お祭りで何度も見かけたし、福祉バザーではぼくたちの作った紙飛行機を買ってくれました」

「ああ。去年の。そうか、あのとき売り子をしていた小学生か」

厚紙で作られ、きれいに彩色された紙飛行機だ。利恵子が生きていれば足を止めて手に取っただろう。「いらっしゃいませ」と声を張り上げる子どもを喜ばせたくて買ったにちがいない。そんなことを思い、財布の紐(ひも)が緩んだ。いつか孫にあげようと思いつつ、まだ下駄箱の上に置いてある。さっき見せてあげればよかった。

「めぐりんにもよく来てるよね」

何かと思ったら移動図書館のことか。

「めぐりんね。うん」

話しているうちに目的地にたどり着いた。五丁目の花壇に面した棟だ。一〇五号室のベランダには洗濯物もなく、人の気配は感じられなかったが、よく見るとガラス窓が少し開いている。誰かいるのかもしれない。大悟とは限らないけれど。

「ほんとうにいるのかな」

「入って行くのを見たんだ。きっといるよ」

気は進まなかったが、ここまで来た以上、黙って引き返すわけにもいかない。征司は建物の中に入り、「内藤」と表示された部屋のチャイムを押した。しばらくしてインターフォン越しに男の声がした。「はい」という短いひと言だがもしやと思う。

「前川と申します。こちらに久地という人が……」

「征ちゃん？」

言われて心からホッとする。

「そうだよ、おれ。ここはやっぱりおまえの家か」

インターフォンが途切れ、鍵の外される音がして玄関ドアが開く。大悟の顔を見て征司が何か言う前に、ふたりの小学生は腰を屈めて、征司の腰の辺りからしきりに中をうかがう。

おれもよくわからない。でもこの子たちがここに連れてきてくれたんだよ。おまえの家を知ってるって。ちょ、ちょっと、君たちよしなさい。人の家だよ」

ふたりは征司を押しのけ玄関の三和土(たたき)に入り、しきりに奥を気にする。腕を引っぱってやめさせようとしたが、それを振り切り、綸太郎など膝を廊下について首を伸ばす。さらに声を張り上げた。

「潤(じゅん)くん、おれだよ。綸太郎。智もいるよ」

「おーい。いたら返事して。潤くん」

何が起きているのかさっぱりわからない。大悟も啞然(あぜん)としている。

「君たち、よくわからないが、この部屋にはおれしかいないよ」

「ほんと?」

「嘘ついてどうする。面倒くさいな。いいよ。靴を脱いで入りな。好きなだけ見てくればいい」

大悟の言葉にふたりはたちまち靴を脱ぎ散らかし、室内に入っていった。足音や物音がしばらく響き、だんだんそれが静かになって、やがてしょんぼりとした小学生コンビが戻ってくる。

「誰もいないだろ」

「うん」と綸太郎。

「そうか。おまえたち、この前ベランダからのぞいてたやつだな」

「ごめんなさい」と智也。

「当然、理由があるんだろうな。詫びの言葉じゃなく、それを聞かせろや」

大きな声ではないが凄みのある大悟の言葉に、ふたりは汗だくになってうなずく。

「その前に水分補給をした方がいい。大ちゃん、何か飲ませてやってよ」

征司がとりなすように言うと大悟は室内に引っ込み、ペットボトルとガラスのコップを持ってきた。コップは三つあり、征司にもよく冷えたカルピスをふるまってくれた。

子どもふたりと年寄りふたりで団地内の公園に移動した。

大悟がなぜ一〇五号室にいたのかを尋ねると、娘の部屋だと言う。

「食器メーカーに勤めていたんだが、タイルの勉強をしたいそうでポルトガルに行っちまった。長くても一年という話だが、どうだろうね。不在の間も部屋はそのままにしておく、可愛がっていた植物は置いていくから、定期的に空気を入れ換えて水をやってくれと頼まれた」

最初に聞いたときは面倒くさいと思ったが、車を使えば丘の上までひとっ走り。苦にならない。何度かひとりで通っているうちに、団地の一室に慣れ親しみ、隠れ家的な安らぎを覚えたそうだ。

「もの言わぬ植物に囲まれて何もしないでぼんやりしていたら、すごく解放感があったんだよ。なんでだろうな。自宅では味わえない感覚だった」

長いことひとところで商売を続けていれば顔見知りも増えて、人の出入りやら突然の連絡やら、自宅にいてもざわついているのかもしれない。住まいは二世帯住宅とも聞いた。生活感あふれる日常は自分の時間がとりにくい。

「それで、あの部屋の鍵はおれだけが持ち、来たときはのんびりしていくようになった。と言ってもせいぜい二、三時間だけどね。車を走らせているときに移動図書館のワゴンとすれちがい、来ていることに気づいた。散歩がてら利用していたら、征ちゃんにばったり会ったわけだ。先週も行くつもりだったんだよ。でもリフォームの打ち合わせが急にずれて間に合わなくなった。本の返却だけは別の図書館ですませたんだ」

約束をすっぽかしてごめんと言われ、征司は「いやいや」と鷹揚に手を振った。

「誰にだって急用はあるよ。そんなのはいいんだけど、一〇五号室の表札は『内藤』だよな。娘さん、結婚されてるのか」

「バツイチだよ。離婚したのに元夫の苗字のまま。『久地』がいやなのか。元夫に未練があるのか。はたまたうっかり戻し忘れたのか。聞いたことがないからわからない」

うっかりはないだろう。とぼけた言い方をされ、風通しがよくなったところで広場に着いた。

　小学校低学年らしき子どもたちが鉄棒のまわりでじゃれ合っていたので、そこから離れた横長のベンチを選んだ。真ん中に子どもふたりを座らせ、挟む形で征司と大悟も腰を下ろす。

「よおし。じゃあじっくり聞こうか。いったい何がどうなってるんだ？」

　大悟がカルピスを飲ませてくれたことで、おっかない印象はだいぶ薄れたらしい。子どもたちは緊張で強ばることなく、まずは綸太郎が口を開いた。

「潤くんっていう同じ年の友だちを探しているんだ」

　智也が補足する。

「よく遊んでいたのに急にいなくなったんです。でも団地にまだいるような気がして、探しています」

「いなくなったってどういうこと？」

　征司が尋ね、智也が答える。

「潤くんは一丁目のはじっこの棟に住んでいました。ぼくたちだけの待ち合わせの場所が団地内にあって、ぼくと綸太はずっとそこで待ってたんです。でも一ヶ月くらい前から潤くんはぜんぜん来なくなって、おかしいと思い様子を見に行ったら引っ越したあとでした」

「同じ学校なんだろ？　転校したってこと？」

　ふたりの頭が左右に振られる。

「ぼくたちは宇佐山小だけど、潤くんは私立に通ってました」

順を追って話を聞いてみると、そもそも潤くんは昔から団地にいる子ではなく、昨年の十月に母親とふたりで引っ越してきたそうだ。学校はちがうものの本バスで出会い、ウマが合って一緒に遊ぶようになった。

ふたりの話からすると、潤くんはなかなか利発でユニークな子どもだったらしい。宇佐山小で起きた不可解な出来事や先生への不満、クラスメイトとの揉め事を話すと、「もしかして」と思いがけないヒントや、見落としていたことを指摘してくれる。しゃべり方や喩えが面白いので笑っているうちに気づかされることが多く、心の距離はあっという間に縮まった。本来ならば私立の小学校は通学に時間がかかる。宇佐山団地はどこに出るにもバスを使うしかない。平日はほとんど会えないはずだが、彼は本バスを欠かさず利用し、それ以外の日も付き合いがいい。訝しむと、「うちの学校はたまに行くくらいでちょうどいい」と煙に巻いたそうだ。

自分たちよりずっと度胸があると感心し、同じ本を読み合っての感想戦（彼に教えてもらった言葉だ）や、暗号を使っての名探偵ごっこ、木登りしてのツリーハウス気分など、遊びの幅が広がって楽しかった。

ところが彼の姿がぱったり消え、家まで行ってみると引っ越したあと。近隣の人も転居先を知らないと言う。学校が異なるので先生にも聞けない。途方に暮れつつも、自分たちにできることをやろうと決めた。

「団地内を探し始めたのかい？　引っ越したのに、どうしてまだいると思ったの」

「それっぽい言葉を潤くんが残していたからです」

「団地にいるなら、いくらでも君たちに会えるだろうに」

征司が言うと、智也が言葉を選びながら答える。

「会いたくても会えない事情があるのかもしれないって、ぼくたち考えました。潤くんちは両親が離婚して、ひとりっ子の潤くんをお母さんが育てることになったそうです。それでお母さんは仕事先を決め、近くにあった宇佐山団地に引っ越してきたのに、ほんの半年で辞めてしまいました。でも真面目に働いてないとお父さんに潤くんを取られるかもしれない。そう考えてあわてて次のところを探しながら、お父さんには内緒で部屋を替え、潤くんにも部屋から出ないよう言ってるのかなって」

離婚した両親がどちらも養育権を希望し、結果的に母が得たけれども、父も諦めていないということか。

「そりゃ複雑だね。でも部屋を替えるのは簡単じゃないよ。どうせ替えるなら、遠くの方が見つかりにくいと思うけど」

「探す時間がなかったのかもしれない。急がなきゃいけなくて、とりあえず移ったのかもしれない」

征司は否定はせず、そうだねとうなずいた。突発事項はいかなる場合もあるものだ。口にはしなかったが、近親者の暴力から逃れるためにひそかに転居する人は現実にいる。

「いきさつはだいたいわかった。それで君たちはなぜ一〇五号室が怪しいと思ったのかい？」

「潤くんの苗字は内藤だから」

思わず「おっ」と声が出る。

「君たち、団地中の表札を見てまわったの？」

「ちがいます。そうじゃなく、ぼくたちも潤くんもめぐりんを利用してました。潤くんは来なくなっちゃったけれど、この前の前のめぐりんで、こっちのおじさんが潤くんが借りていたのと同じ本を借りました。『夏の庭』とツリーハウスの本」

ベンチのはじっこで大悟が目を剝く。

「一冊ならともかく、二冊って怪しいなって思って。それで帰るときにあとをつけていったら、あの部屋に入って行きました。表札を見たら『内藤』だった」

我慢できないという雰囲気で大悟が割って入る。

「たまたまだよ。そこの征司っておじさんとすごく久しぶりに再会して、一緒に秘密基地や木の上の家を作ったなという話をしたから懐かしくて。そうだよ。おれたちにも子どもの頃はあったんだ」

「『夏の庭』は?」

　綸太郎に突っ込まれ、大悟はひるむ。あらぬ方角へと目を泳がせる。怪しい。

「あれはなんとなく。でも、内藤か……」

　征司は背筋を伸ばし、声を飛ばした。

「聞こえないぞ、大ちゃん。ちゃんと話せよ」

「だから、何回か前の移動図書館で、前を歩いていた男の子が図書館カードを落としたんだ。裏に名前が書いてあるだろ。拾ったおれはそれを見て呼び止めた。そうなんだよな。娘の苗字と同じ、内藤だった」

　征司も綸太郎も智也も驚いて腰を浮かす。

「ずいぶん前のことだよ。ほとんど忘れかけていた」

「その子の持っていた本を、おまえは見たわけか」

「まあね。落としたカードを渡したのは返却コーナーのすぐ近くだったから、男の子はカウンターに持ってきた本を置いて、拾ったおれに礼を言ったんだ。うん。目鼻立ちのくっきりとした賢そうな子だったな。そのときツリーハウスの本や『夏の庭』があったかもしれない。でも特に読んでみたいとも思わなかった。おれはぜんぜんちがう時代小説を借りて帰ったよ。そしたらそのあとの巡回日で、征ちゃん、おまえとばったり会ったんだ」

「あの日か」

「そう。子どもの頃の話をしただろ。大雨や台風に壊されたけど、掘っ立て小屋みたいなのを懲りずに作り続けた。思い出しながら借りる本を選んでいたら、ツリーハウスの本が目に入り引き抜いた。同時に、男の子が返していた本も頭に浮かんで借りることにした」

ツリーハウスはともかく、なぜ『夏の庭』なのか、とは思わなかった。昔読んだきりなのでうろ覚えだが、小学生の男の子三人が今にも死にそうな老人を観察するのだけど、なかなか死なず、なぜか交流を深めていく話だった。大悟も知っているのかもしれない。だから子どもの頃のことを思い出しているときに、男の子たちが主人公の話を手に取った。自分たちはもうすっかり、老人の側になっているのに。

「おじさんは潤くんに会っているんだね」

綸太郎に言われ、大悟はうなずく。

「今の話からすると、みたいだな」

「潤くんが最後にめぐりんに来たときだよ」

智也が哀しそうな顔になる。

「ぼくたち、理科の授業が長引いて行けなかったんです。あのとき会えていれば、引っ越しすることを教えてもらえたのかもしれない」

聞きとがめ、征司は口を挟んだ。

「何か聞いてるんだろ。さっき、そのようなことを言わなかったっけ」

「直接言われたのではなく、ぼくたちへのメッセージを見つけたんです。でもそれ、読んだだけじゃ意味がわからなくて」

智也が綸太郎に何か言い、綸太郎がズボンのポケットから折りたたまれた布きれを取り出した。広げると真四角の白い布で、ハンカチなのかもしれない。横書きの文字でこう書かれていた。

「髪の毛はまだ切らない」
「ぐるりとまわる」

二行の下に、花と太陽に見える絵が描かれている。

「まるでなぞなぞだね。絵もある」
「はい。花の絵は花壇だろうなと思って」
「そういえば内藤家の棟の前に、花壇があったっけ」

ふたりは大きくうなずく。

「つまり、いくつかの要素が重なったわけか。『内藤』という表札、花壇の近くの家、出入りしている人が借りた本の内容」

確かめずにいられなくなった気持ちがようやく理解できる。

「『ぐるりとまわる』というのも、潤くんの家は一丁目にあったんです。宇佐山団地は一丁目、二丁目と時計回りに区分けされていて、五丁目が最後。ぐるりとまわって最後のエリアになります」

なるほどと征司は膝を打つ。大悟も「おもしれーじゃないか」と破顔する。

「『髪の毛はまだ切らない』は？」

「それはその、潤くんの住んでいた部屋を見てもらうとわかりやすいんだけど」

智也のとなりに座っていた綸太郎がベンチからぴょんと下りる。

「行こうよ、今から。おじさんたちも一緒に来て。この布をどうやって見つけたのかも教えるからさ」

つられて三人も腰を上げた。

大悟はやけに生き生きとした顔をしている。木の枝に手作りの巣箱をかけ、しばらくして様子を見に行った日のことを征司は思い出した。親鳥がいなくなった隙によじ登り、大悟と互いに先を争いながら、頭をぶつけ合い中をのぞきこんだ。茶色い葉屑の間に白い卵が見えた。

4

子どもたちの指摘通り、宇佐山団地は南西方角に一丁目があり、扇状に二丁目、三丁目と広がり、四丁目がもっとも東に位置している。五丁目は四丁目より南にあり、扇の要部分に近い。

その要とも言える場所に建つのは市立中学校だ。団地を大きく二分する形で南北に道路が延び、路線バスが走っているのだが、中学校があるのは南の入口部分。住所は五丁目だ。校門前の道路を渡るとそこは一丁目。

綸太郎たちは慣れた足取りで五丁目の広場から中学校に向かい、脇道を抜け道路を渡る。一丁目までの最短ルートだ。

思ったよりも近かったが、潤くんの住まいであった一号棟は横断歩道からしばらく歩いた。大悟は初めて来るところだと言ったが、征司にしても一丁目の知人は二丁目寄りの棟なので馴染みが薄く、こんなところに歯医者が、こんなところに藤棚がと新鮮だ。

ようやくたどり着いたところは、南西に拓（ひら）けた丘のてっぺんだった。

「ここの五〇一号室だよ」

教えられて、できるものなら口笛のひとつも吹いてみたかった。東から歩いてきて、もっとも奥の、一番上だ。

「あそこならさぞかし眺めがいいだろうな」

大悟が見上げて言うと、子どもたちふたりは満面に笑みを浮かべた。

「すごかったよ。前に何も建ってないから、どこまでもどこまでも見渡せるんだ。晴れた日は空に向かって飛んでいきたい気分になったし、雷雲が広がった日は、真っ黒な空が真っ白に輝いてピカピカごろごろと大騒ぎだった」

「家にも遊びに行ったんだね」

「潤くんのお母さんが就活中でいない日にね。玄関にハイヒールの靴があってびっくりした。そんなの履いてるお母さん、ぼくたちのまわりにはいないから。それに、潤くんちは高い場所にある棟で、五階だよ。上るの大変で、下りるのは危ない」

倫太郎に言われ、征司にはいくらかなりとも内藤親子の実情がわかった気がした。潤くんの通っているのは校名を聞く限り、相当なお坊っちゃん学校だ。裕福な家庭に生まれたのだろう。母親もハイヒールを履きこなす、セレブな女性だったにちがいない。いくら眺めの良い、子どもから絶賛される部屋であっても、似つかわしいとは思えない。

離婚に際し、バタバタと決めた仮の住まいだったのではないか。来てみて不便さに驚くと同時に、早々の撤退を考えたであろうことは想像に難くない。

けれど子どもたちはここで出会い、気が合うという、たったひとつの項目で親しくなった。

「白い布はどうやって見つけたの？」

征司が問うと、ふたりはこっちこっちと手招きして、建物の脇を抜けベランダの見える南側へと移動した。

「潤くん、お母さんのスカーフを何枚も結んで繋げて、本やおやつをベランダから上げ下げする遊びをやってたんだ」

「スカーフ？」

もしかしなくても、おそらく高級ブランドの品にちがいない。

「そんなことやっていいのかい。きっとすごく高いものだよ」

「やばいよね。でも潤くんはぜんぜん大丈夫と言ってた。ほんとにずっとバレなかったんだ」

「結んで長くしたのをベランダから垂らしたのか」

年寄りふたりと子どもふたりは顔を上げて首を伸ばし、建物の一番上にある遠くのベランダを見上げた。十数メートルはあるだろう。

「この列の途中の階は昼間いなかったり、いてもベランダに出ない人たちなんだって。だからスカーフが垂れてても気がつかないし、前に棟はなくて、歩いてる人もいないから誰にも見つからない」

ベランダ側の前庭には芝生が植えられ、それを腰高の生垣が囲んでいる。今は生垣の手前に立っているが、ところどころほころびがあるので、多少の無理をするだけで芝生に入れる。身軽な子どもならばなおさら容易いだろう。もちろんモラルとして禁じられているが、はじっこのはじっこは人目に付きにくい。

大悟がしみじみとした声で言った。

「時代は変わっても、子どもってのはやることが同じだな、征ちゃん」

「ああ。おれたちも木の上の家から紐を垂らし、荷物の上げ下げをやったよな」

「おじさんたちも?」

「ぼくたちはそれ、ラプ方式って呼んでたんです」

「ラプ?」

「『塔の上のラプンツェル』、知りませんか」

征司は「あれか」と思わず大きな声を出してしまった。

「原作は読んでないけど、うちの奥さんがディズニーファンで映画館まで見に行った。大ちゃん、知ってる?」

「ああ。孫に付き合ってテレビで見たな。高い塔の上に閉じ込められたお姫さまがいて、魔法の長い髪を持っているんだろ。あれ? じゃあ、ベランダから垂らすスカーフを、君らは髪に見立てたわけか」

「潤くんのりのりで、自分の髪は短いのに、その先っちょからスカーフを下ろすまねをしていたんです」

綸太郎が首を傾げ、七三分けの髪を撫でたりさすったりする。征司も大悟もそれと頭上のベランダを見比べて笑った。今どきの発想だと手放しで感心する。

「もしかして『塔』と『棟』も、かかってる？」

征司が言うと子どもたちはうなずき、大悟はまた笑う。

「『棟の上のラプンツェル』か。こりゃいい」

「だから潤くんがいなくなったとき、真っ先にこのあたりを調べたんです。そしたらスカーフじゃなく透明な荷造り紐が垂らされていて、あの布が縛られてました」

見つけてもらえることを確信しての、ふたりにあてたメッセージだ。あらためてその場で広げ、みんなでのぞきこむ。

子どもたちは最初の行の「髪の毛はまだ切らない」を、「まだ団地にいる」と解釈した。

「髪を垂らすなら、上の方の階じゃなきゃダメだろ。うちは一階だぞ」

大悟が真っ先に言い、智也が口をへの字に曲げる。

「それは思いました。でも同じ条件で、上の階の内藤さんが見つけられなくて」

征司も指摘する。

「ひそかに引っ越してなるべく知られたくないのなら、表札は掲げないと思うけどな」

智也だけでなく綸太郎も渋い顔になった。最近は若い人を中心に玄関や郵便受けに名前を明示しないケースが増えている。無記名にしても目立たないのならそうするのではないか。

がっかりしているふたりには悪いが、団地内の別の部屋に移るというのはやはり考えにくい。住みやすい部屋に移動した可能性はあるだろうが、団地内ならば綸太郎たちに隠すのは不自然だ。友だちづきあいを母親に制限されても、ラプ方式を楽しむくらいの子なら抜け道をいくらでも思いつくだろう。

やむにやまれぬ切羽詰まった事情があり、急いでの引っ越しなら、団地はおろか種川市からも出てしまうのが手っ取り早い。潤くんの学校は隣接の市にあるのだ。

征司がそう話すと、子どもたちは「もう会えないのかな」と悲観的なことを言い出した。

「団地から出たならぼくたちでは探せない」

「このメッセージ、お別れの言葉だったのかな」

まあまあと宥めてさらに言う。

「単なるお別れの言葉ならもっとわかりやすく書くよ。これは明らかに君たちへのなぞなぞだ。解いてもらうことを期待している文章さ。おじさんも『まだ』が気になる。潤くんはここを離れるにあたり、君たちとの友情は引っ越して終わりとは思ってないんじゃないか」

「ほんとう?」

ふたりの目が期待と共に征司に注がれる。大悟は腕を組んでふむふむとうなずくが、「それで？」と続きを待つ顔だ。

はてさて。どうしたものか。

征司は目の前の五階建ての建物をあらためて見まわした。ずらりとベランダが並んでいる。天井は低く間口も広くない。定規が一本あれば描けてしまうような簡単な造りをしている。ここに越してきた子どもが、ほんの半年で住まいを替える。母親にとっては良い印象はひとつもなく、不便で古くて狭い部屋だったのかもしれないが、子どもにはどうだったのだろう。

幅一メートルという小さなベランダに立ち、何を見ていたのだろう。

「『髪の毛はまだ切らない』だったね。ラプンツェルの話の中で、髪には魔法の力が宿っている。最後はそれを切ってしまい主人公はふつうの子になって、めでたしめでたしのハッピーエンドを迎える。しゃれた落ちでとてもよかったけれども、髪は切られたら特別な力を失うんだ」

三人とも嚙みしめるような顔でうなずく。征司は続けた。

「潤くんはその魔法の髪を、『まだ切らない』と書いている。ということは、まだ特別な力を持っているのかもしれない」

子どもたちがざわつく。

「どういうこと？　潤くんに魔法の力があるの？」

大悟が「なあ」と口を開く。

「おれからしたら、団地のベランダでラプごっこだっけ？　そんなの思いつくところからして特別だ。よく、想像の翼を広げてって言うだろ。自由自在な発想力は翼になって、人を空高く飛ばすこともできるんだよ。魔法みたいじゃないか」

智也も綸太郎もきょとんとした顔になる。突拍子もないことを思いつき、夢中になって胸を膨らませることが、特別な能力だとは思っていない。当たり前のようにそれができてしまうのだ。

「潤くんはたしかにちょっと魔法使いっぽいけど」

「意味わからない。次の『ぐるりとまわる』ってのは何？　この棟をぐるりと一周したけど何もなかったよ。自分がまわってみようか」

爪先（つまさき）立ってくるくるまわる綸太郎は放っておいて、征司は今一度、白い布を見る。

「ここに描いてある花は、なんの花だろう。朝顔でもチューリップでもないよね」

綸太郎たちは花壇と考えたようだが、描かれているのは一輪だけだ。

「ひまわりでもないな」と大悟。

「花びらは五枚だね」と智也。

「だったら桜？　ちょっとちがうね」と綸太郎。

たしかに桜よりも花びらがふっくら丸くて、芯におしべのようなものが描かれている。

「椿かな。でなければ梅か」

「こっちは太陽だろ」

「光が差してる」

「だから花壇だと思ったんだけど」

花の右上に太陽っぽいものが描かれ、ところどころ長い斜めの線が伸びている。

「太陽が照っているか」

征司がつぶやくと、智也がハッとした顔になる。

「照るって、テルさん？　ほら、めぐりんの」

綸太郎はその場で足踏みする。

「さっき梅って言ったよね。ウメちゃんだ」

じいさんふたりも興奮する。

「この絵はあのふたりを表しているのか」

「だったら『ぐるりとまわる』は移動図書館のことだ」

誰からともなく手が挙がる。四人で順番に、飛び跳ねる勢いでタッチを交わした。

西の空は黄金色に輝き、南に広がる家並みの上に、気の早い星々が瞬（またた）いていた。

翌週の木曜日、征司が二丁目集会室前に行くとすでに大悟の姿があった。

顔を合わせるのは先週以来だが、今は電話番号を交換し、互いの住まいもわかっているので以前のような焦りはない。「やあ」と気楽に笑みを交わす。

大悟の団地住まいに関しては、愛人宅じゃないのかと田口に言われたことをばらしてやった。大悟は仰け反って絶句したあと「あいつめ」と毒づきつつ、まんざらではない顔をする。モテる男と思われるのは悪くないらしい。

征司は友だちとして「ほっとくと話に尾ひれが付いて、そのうち奥さんの耳に入るぞ」と忠告した。これには焦っていたのでちょうどいい。そんなやりとりをしていると、本バスがやってきた。

同時にランドセルを背負った綸太郎と智也も現れる。てっきり例の話だろうと思っていると、「まだ話さないでね」「本を取ってくるから」と言い残し、それぞれの棟に向かって走って行った。借りていた本を持ってくるらしい。

十六時過ぎにふたりは戻ってきて、ウメちゃんたちの手が空くのを待って話しかけた。

「ねえねえ、潤くんのこと、覚えてるよね。ここによく来てたぼくらと同じ年の男の子」

綸太郎に言われて、ウメちゃんもテルさんも「もちろん」と答える。

「潤くん、引っ越しちゃったけど、メッセージを残していったんだ。これ見て」

すかさず智也が布を広げ、ウメちゃんたちが興味津々といったふうにのぞき込む。

「ここにある花はウメちゃん、太陽はテルさんを表していると思うんだ。そして『ぐるりとまわる』の意味はめぐりんのこと。ちがうかな」

「へえ。こんななぞなぞみたいなの、君たち解き明かしたんだ。すごいね」

「このこと、潤くんから何か聞いてない？」

　ウメちゃんはほんの少し間をあけてから言った。

「あのね、実は聞いてるんだ」

　傍（かたわ）らでやりとりを見守っていた征司や大悟も目を丸くした。子どもたちは「何それ」「どういうこと」と詰め寄る。

「綸太郎くんと智也くんのふたりが、潤くんからのメッセージを解き明かして本バスに現れたら、『正解』って言うように頼まれたの」

　子どもたちも年寄りたちも、「おおっ」とどよめく。合ってたんだ、あれでよかったんだ、正解だって、やったじゃないかと口々に言い、この前と同じようにハイタッチを交わした。

　テルさんもホッとした顔になり、興奮気味の四人を見ながら言う。

「こちらからは何もしないようにと厳命されてたんです。でもそんな潤くんも先日、『まだかな』『難しかったかな』としょげていたのでひょっとしたら次あたり、ヒントを託されるんじゃないかと予想してました。なのに、そのヒントがなくても正解を導き出したんですから素晴らしい。綸太郎くん、智也くん、胸が張れるね」

「そうでもない。ぼくらだけじゃわからなかった。このおじさんたちに助けてもらったたん

「誰かに協力を頼んだり相談に乗ってもらったりは悪いことではないよ。潤くんも大喜びでだ」

四人はなんとなく照れたり白い歯をのぞかせたりと表情を和ませる。

それにしてもと征司は思う。テルさんの話を聞いていると、まるで潤くんとたびたび会っているかのようだ。大悟も子どもたちも気づいたらしい。智也が尋ねる。

「テルさんは今でも潤くんに会ってるの？」

「うん。ウメちゃんもめぐりんもね」

「だったら……」

ウメちゃんから言われた「正解」の先にある意味に四人はたどり着く。

「潤くんの引っ越し先は、めぐりんの回るステーションのそば？」

髪はまだ切らない。子どもたちをつなぐ糸も切られていない。めぐりんを介して今でもつながっている。

なんだそうか、いいな、おれもめぐりんに乗りたい、潤くん元気にしてる？　また会いたいって言っといて。元気のいい声が次々にあがり、ウメちゃんが、わかったわかった借りる本は選ばなくていいのと促す。綸太郎も智也も大慌てで棚にへばりつき、名探偵シリーズや天気予報の蘊蓄本などを腕の中に抱えていく。

すでに返却も貸し出しも終えているじいさんコンビはその様子を見守った。

「これからも今までと同じように通ってくるよ。征ちゃん、団地探検やらないか？」

「いいよ。知らないところがたくさんあるもんな。探検やりつつ、大ちゃん、団地内でリフォーム講習会をやってくれないか」

「おれが？」

「シルバークラブっていうのがあって、以前は襖（ふすま）や網戸の張り替えなど、素人にもできるレベルの手直しを指導してくれる人がいたらしい。すごく好評だったって。でも今は教えてくれる人がいなくて、誰かいないかなという声がたびたびあがるんだ」

大悟は「シルバークラブねえ」と呟く。

「征ちゃんも一員なの？」

「六十歳以上は誰でも入れるんだ。おれも五年くらい前から入ってる。部活動みたいに体操サークルや合唱サークルとかあって、リフォームは不定期な講習会になるんじゃないかな」

「征ちゃんはどのサークルに入ってるの？」

あまり突っ込まれたくなかったが、正直に答える。

「かみさんが生きてるときは強引に合唱サークルに入れさせられたけど、どうにも合わなくてね。かみさんが亡くなると同時にリタイアだ。今入っているのは散歩の会と味噌（みそ）部」

「味噌？」

「正式には味噌に限らず、発酵食品全般を研究し手作りするサークルだ。ヨーグルトや納豆にも挑戦してるよ。これがさ、やってみると面白い。ぬかみそなんて、毎日話しかけながら搔(か)きまわしているからね。今度うちのキュウリやナスの漬け物をご馳走しよう」

大悟は目を丸くしたのち、腕を組んで首を振った。

「人生まだまだ知らないことが多いな。この団地、ラプンツェルもいれば、ぬかみそじいさんもいるらしい」

「網戸のレクチャーよろしく。話を進めとくよ」

子どもたちが貸し出しの手続きを終え、めぐりんは撤収作業に入る。征司も大悟も歩み寄って手を貸した。棚から飛び出していた本を直したり、長机を畳んだりするだけで喜ばれる。声を掛け合って、あっという間に作業を終えると気持ちいい。

去って行く車を見送り、みんなとも別れる。

二週間後にまた会えるから少しも寂しくない。征司はたくさん並んだ建物のひとつに向かう。どこからか晩ご飯の匂いがしてきた。

未来に向かって

1

本館と呼ばれる種川（たねがわ）市立中央図書館の小会議室で、典子（のりこ）は一枚の写真に目を留めた。思わずぼんやりしていたらしい。「速水（はやみ）さん」と呼びかけられて顔を上げた。司書仲間である、ウメちゃんこと梅園菜緒子（うめぞのなおこ）が小首を傾（かし）げている。

「どうかしましたか」

「ううん。ちょっと。めぐりんの写真を見ていたら、ほんまるのことを思い出して」

十月に行われる種川市民祭りの打ち合わせをしていた。「めぐりん号」という愛称の移動図書館も参加する。同席していた男性から「ほんまる？」と聞き返された。テルさんという呼び名が定着した年配の男性で、一般企業を定年退職した後、今はめぐりんの運転手をしている。

「すみません、ローカルな話題でした」

自分にとって既知のことでも人もそうとは限らない。レファレンス業務で嫌というほど思い知らされたのについついやってしまう。

「私の出身地、丸山(まるやま)市を走っている移動図書館の愛称が、『ほんまる』なんです。本と丸山市をかけたネーミングで、私も子どもの頃、よく利用してました」

「ご出身については以前うかがいましたが、移動図書館の話は初めてです。本と丸山で、ほんまる号。気が利(き)いてますねえ」

典子は四年前にレファレンス課からサービス課に異動し、公民館の図書コーナーや分館のサポートをしていたが、今年の春からめぐりんの担当になった。といっても他の業務との兼任なので、本バスには乗らず後方支援に徹している。

めぐりんの実質的な担当者はウメちゃんと運転手のテルさん。ふたりは互いに話す機会も多いだろうが、典子はあわただしい中での立ち話がほとんどなので、椅子(いす)に座って話ができるのは貴重な時間だ。雑談もよい潤滑油(じゅんかつゆ)になりうる。

「速水さん、移動図書館のユーザーだったんですか。私も初耳です」

ウメちゃんがいかにも興味津々という顔で言う。好奇心が強く行動派で、考えていることが顔に出やすい。繊細(せんさい)な一面を見せるときもあるが、基本的には明るい子なので一緒にいて気持ちが引き上げられる。

「話さなかったかしら。生まれた家が丸山市の北部で、田んぼや畑が広がるような田舎だったの。家族はみんな忙しくて、めったに町に連れて行ってくれない。本が好きだったんだけどなかなか本屋さんにも行けず、子どもの頃に読んだのは保育園や小学校の図書室にあったものだけ。面白そうな本をほとんど読んでしまい、あーあ、つまらないなと思っていたら、三年生になったある日、小学校の校庭に見慣れぬ車が入ってきたの。それがほんまるだった」

種川市は神奈川県南部に位置している。丸山市は同じ県内の北部にあり、人口は二十万人と、種川市よりも少ない。

「なぜ三年生かというと理由があるのよ。二年生まで水曜日は給食を食べたら帰っていたんだけど、三年生になって初めて午後の授業があったの。掃除当番を終えて外に出たら、ごとごと車体を揺らしながらマイクロバスが現れた」

「それまで気づかなかったんですか」

「誰も教えてくれなかったのよ。子どもだから図書館の存在そのものを知らなくて、ぽかんと立ち尽くしたわ」

目を丸くして驚いてくれるふたりの反応が楽しい。かれこれ三十年も前の出来事だ。懐かしい思いを噛(か)みしめて、典子は視線を会議室の窓に向けた。

駅が近いので背の高いビルがいくつも見える。緑濃い山々に囲まれた故郷の集落からずいぶん離れた場所で働いている。

小学三年生だった典子の前に現れた車は、なんの迷いもなく校庭を進み、物置小屋の手前に駐まった。中から数人の大人が降りてくる。車体の側面がふわりと浮き上がり、それを高く持ち上げてつっかえ棒のような物で固定する。羽を広げたカナブンのように見えた。羽の下にはびっしり本が並んでいた。

立ち尽くす典子にはかまわず、上級生たちはひとりふたりと駆け寄っていく。近隣の住民もやってきた。誰もが手提げ袋を持ち、車に近付くとそこから数冊の本を取り出した。いつの間にか長机が置かれ、車から出てきた人たちに本を手渡す。身軽になって、本の並んだ棚に歩み寄る。

「速水さんは図書館の建物よりも先に、移動図書館の方を知ったんですか」

「そうなるわね。何だろうと思って、おっかなびっくり近付いたらみんな親切で、すぐに貸し出しカードを作ってくれたの。それを手に、背表紙を眺めた気持ちは今でも覚えている。学校の図書室に比べれば冊数は少なかったはずなのに、見たこともない本がたくさん並んでて、飛び跳ねたくなるほどわくわくしたわ。子ども向けの絵本や児童書だけでなく、英会話の本もあれば分厚い小説の本もある。お料理の本も園芸もペットの飼い方も。どれを借りてもいいと言われ、最初は何を借りたかしら。植物図鑑はあったような気がする。それから指折り数えて、二週間に一度の巡回日を待つようになったの」

「いいですねえ。羨ましい。私は移動図書館をまったく知らずに大きくなりました」

「ふつうは建物が先よ。建物が遠いから車が来てくれたんだもの。でもその、限られた冊数しか載せていない小さな図書館が私にはとてもありがたくて。あるとき、大きくなったら私もほんまるで働きたいと言ったの。その頃はまだ建物を知らなかったから、ほんまる＝図書館だったのよね。係の人はにっこり笑い、『司書の資格を取るといいよ』と教えてくれた。それなのに」

楽しい思い出に影が差す。膨らんだ高揚感が一気にしぼみ、虚ろな目になる。まさに心にぽっかり穴が開いたようだ。

盛り上がりに水を差すようで申し訳ないと思いつつ、誰かに聞いてほしくなる。このところの気鬱の種だ。職場の仲間だからこそ話せる内容でもある。「実はね」と口を開きかけたそのとき、テルさんが身を乗り出して言った。

「速水さん、小学校のときに司書を志したんですか」

「いいえ、志すなんて。たいそうなものではないですよ。司書がなんなのかも、ちんぷんかんぷんでしたし」

「でもなりたいものになったんですよね」

「はあ、まあ。結果としてはたしかに」

言葉を濁し、苦笑いを浮かべる。正規職員に至るまでの紆余曲折が脳裏をよぎったのだ。

ウメちゃんが「テルさん」とたしなめる。

「簡単に言わないでください。今どき司書になるのはすごく難しいんです。資格そのものは取得コースを設けている学校がけっこうありますし、通信でも取れるんですけど、募集が極端に少なくて。種川くらいの市でも、正規職員として司書を採用しているのは十人前後です。その人たちが辞めたりして欠員ができないかぎり募集はしません。全国規模で見ても、年に数ヶ所、ほんの数人ずつしか公共図書館の司書にはなれない。大学や企業の図書館も似たりよったりの狭き門です」

「全国規模って、日本全国のこと?」

「そうですよ。私は大学四年のときに種川市の司書募集があって、ぎりぎり滑り込むことができたんですけど、友だちの中には縁もゆかりもない秋田県や兵庫県の募集を見て、受けに行きました。若干名の募集に対して数百人が殺到するそうです。気持ちはあってもなかなか採用には至らなくて。もしかしたら、速水さんはするりだったのかもしれませんけど」

「ちがうわよ。まさか。ぜんぜん。諦める一歩手前で、種川市に拾ってもらったの」

小学三年生にして初めて図書館と司書という仕事を知り、典子はいつか自分もと思うようになった。中学では学校の図書室をもっぱら利用していたが、高校では進路として第一志望に据え、図書館学のある大学に入った。

期待を裏切ることなく専門性に富んだ授業は面白く、海外の図書館事情を研究テーマに選んで大学院に進学。論文は教授からの評価も高かった。夢に向かって着実に進んでいると、典子自身も家族も思っていたのだが、卒業後の就職で躓いた。どこの採用試験にも通らず、教授から推薦をもらった私立高校の図書室にも落ちた。

　大学は家から通えない距離にあったので入学と同時に寮に入り、その後、アパート住まいに切り替えていた。アルバイトもしたが、大学院も含めて六年間の学費や生活費は仕送りに支えられた。いつまでも甘えているわけにはいかない。収入が必要だ。働ける場所がほしい。

　その一方、親から「もう十分やりたいことをやったでしょう」と言われ、どうしてもうなずくことはできなかった。選んだ学部も院での研究も充足感を与えてはくれた。学ぶという意味ではやりきった感がたしかにある。けれどそれらはすべて、図書館で働くための過程であったはずだ。

　悩んだ末、典子は大学院を卒業して間もなくの五月、非常勤の公共図書館員になった。正規雇用の見込みのない場所で二年働き、契約が切れて別の図書館のパートタイマーになった。時給制であり、週四日しか勤務日がなかったので他のアルバイトをかけ持ちした。

　その間も正規採用の司書職を探し求め、募集を見つけると場所や条件に目をつぶって受けに行き、落ち続け、自分のように不採用を繰り返す人たちに多く出会った。みんな雇用条件の悪い中、図書館で働き、低賃金に喘いでいた。諦めて他の仕事に就くかどうかの瀬戸際にいた。

典子自身のタイムリミットも近付く。公共図書館の正規職員になるには年齢制限がある。非常勤やパートタイマーにしても、司書職にこだわっていては食べていくことさえままならない。

三十歳をひと区切りに考えていると、二十九歳のときに種川市の募集があった。最後のチャンスになるのかもしれないと悲壮な覚悟で臨み、一次試験の筆記、二次試験の面接と進み、やがて採用通知が届いた。

おいそれとは信じられなかった。長いこと夢を見すぎて、覚めない夢の中に入り込んでしまったのかと思った。

2

移動図書館の話はいつの間にか就職の話になり、テルさんの勤務時間を過ぎていることに気づいてあわてて切り上げた。会議室を出て自分の席に戻ると、典子はパソコンを立ち上げメールをチェックした。

中学校の図書室で働く司書から、生徒を対象にした図書館見学の打診が来ていた。顔が自然とほころぶ。

種川市職員となってから、典子が最初に所属したのはレファレンス課だった。調べたい事柄のある市民の相談を受け、蔵書から資料を紹介する仕事だ。非常勤の時代からこなしてきた業務なので勝手はわかっていたが、図書館が替わると蔵書の内容も問い合わせの傾向も変わる。まごつきもしたし、ずいぶん先輩にお世話にもなった。

徐々に慣れて蔵書に精通してくると、二年目から資料購入に関する業務が加わった。予算内で新規購入する本と、買わずに見送る本との取捨選択をしなくてはならない。蔵書を頭に置きつつ全館の貸し出し頻度をふまえ、市民の興味や流行を反映させるのは、図書館員の腕の見せ所だ。利用者の増減に直結してくるのでやり甲斐はあるけれど、限られた予算の中で選ぶプレッシャーは半端なかった。

レファレンス業務で直接利用者の相談に応じながら本の購入に関わり、丸六年が過ぎる頃、サービス課に異動した。

サービス課の業務は多岐にわたる。現在の種川市は本館と呼ばれる中央図書館の他に、市の西部に分館がひとつある。二階建ての建物で、レファレンスカウンターはないものの、一般書や児童書は充実し、貸出冊数は年間十三万冊を超える。

この他に各地区の公民館を間借りする形で、八つの図書コーナーが設けられている。置いている冊数は四千冊前後だが、市民図書館にリクエストした本の受け取りと返却ができるので、年間三十万冊以上の利用がある。

　これらのサポートはサービス課の重要な仕事のひとつだ。リクエスト本の手配や棚の入れ替え、係員の雇用、公民館の行事に関する対応など、典子は三年間、地域図書室担当として奔走し続けた。

　そのあと受け持ったのが小中学校の図書室担当。学校には必ず図書室があり、正規職員でないものの司書の資格を持つ人が各校にひとりずつ配属されている。保健室における保健の先生のようなもの。孤軍奮闘を余儀なくされているので、本館のサービス課が常にサポートする。研修会や勉強会を行う一方、何かあったときの相談窓口も担う。メールにあった案件、図書館見学なども随時提案し、希望があると積極的に受け容れている。

　それと同時にこの春から兼任しているのが移動図書館だ。こちらはウメちゃんがチーフとなり動いている。彼女に任せつつ、載せる本の検討やステーションの見直し、バスのメンテナンス、あるいは雨の日の運行判断など気が抜けない。

　そんなある日、インターネットで調べ物をしていると、思いがけない情報を目にした。

「速水さん、購入を考えてほしい本を見つけました。あとでメールしておくので、手の空いたときに見てください。島田さんにも同じものを送っておきます」

ほんまるの話をした翌日、廊下を歩いているとウメちゃんに声をかけられた。島田は児童書購入のチーフだ。検討してほしいのも児童書のことだろう。司書は裏方に徹し、いくつもの業務を兼任するのが常だ。ウメちゃんにしても移動図書館とイベント企画をかけ持ちしている。最近では児童書担当からの救援要請により、典子もウメちゃんも児童書購入のリスト作りを手伝っている。

「そういえば昨日、帰りに本屋さんに寄ると言ってたものね。いいのがあった?」

「ありました。チェコの翻訳絵本で三千三百円と高くて、この前は提案しなかったんですけど、実物が本屋さんにあって。手に取ってみたらとてもよかったです。あと、アルル舎の大型紙芝居もやっぱりもっと増やすべきだと思います」

紙芝居は典子も考えていたのでうなずいた。

「チェコの絵本もよさそうね」

「どちらも判型が大きくて、残念ながら移動図書館には載せにくいですけど」

ウメちゃんは肩をすくめてから口にする。

「そういえば速水さん、昨日ほんまるの話をしているときに、何か言いかけていませんでしたか。スタッフさんが司書という仕事を教えてくれたというところで」

思わず「ああ」と返した。

「ちょっと落ち込んでいることがあって」

「速水さんが？　もしよかったら話してください。このところ元気がなかったですよね。気になっていたんです」

ウメちゃんのことは言えない。自分も気持ちが顔に出ていたらしい。好意に甘え、思い切って打ち明ける。

「ほんまる、廃止が決まったらしいの」

「えっ、どうして！」

大きな声を出されて焦る。ウメちゃんもあわてて自分の口を手で押さえた。

「落ち着いて。めぐりんじゃなく、ほんまるよ。ほら、今はどこも財政難でしょ。仕方なかったんだと思う。移動図書館は効率からすると厳しいところが多いから。丸山市も利用者が減ってたんじゃないかな」

運転手の人件費に加え車を走らせるコストも馬鹿にならない。それに見合うだけの利用客がいればいいのだが、まわるのは平日の昼間なので勤め人は利用しづらい。市街地から離れた山間部は人口が減り続けている。

典子の実家も畑をほとんど手放し、後期高齢者となった両親が細々と野菜を作っている。兄一家は交通の便のいいところに家を買い、姉夫婦は転勤先の千葉県で暮らしている。一学年三クラスあった小学校も今ではひとクラス。近隣の小学校との合併案が進んでいるらしい。

ほんまるは今でも典子が出会ったあの場所、懐かしい校庭に来ているようだが、学校が廃校になる前に巡回がなくなる。

「すごく残念です」

眉を八の字に寄せ、情けない顔になってウメちゃんは言う。

「全国的に移動図書館が減っているのは知ってます。その終了の順番が丸山市に来たみたいで、寂しいし悲しいし、めぐりん担当者としては心細いです」

「めぐりんは大丈夫よ。利用者数もそんなに落ちてないし」

今のところは、という言葉を典子は飲みこむ。

「速水さんのように移動図書館がきっかけで図書館を知り、司書を知り、大人になってその仕事に就く人もいるじゃないですか。素晴らしいことですよ。ほんまるが走っていたからこそです。その、司書という職業を教えてくれたスタッフさんは、速水さんが夢を叶えたことはご存じなんですか」

小首を傾げたのち、横に振る。

「知らないと思う。中学、高校と学校が遠くになるにつれ、移動図書館も利用できなくなって、大学は茨城県。非常勤で働いている頃は千葉や埼玉にいたの。司書を続けられるかどうかもわからなくて、実家に帰省したときも図書館には寄れなかった。種川市に来てからはとにかく忙しくて」

「でも速水さんは、そのスタッフさんを覚えていますよね？」

日に焼けた大工さんのような風貌を思い出す。十歳にも満たなかった自分にとって、二十歳を超えた男性はみんなおじさんにしか見えなかった。でも、今の自分より若かったはずだ。

「『魔女の宅急便』や『霧のむこうのふしぎな町』が好きだと言ったら、『床下の小人たち』や『大どろぼうホッツェンプロッツ』のシリーズをすすめてくれたわ」

ウメちゃんの目がパッと輝く。

「何をあげるかで、その人の感性がうっすら透けて見えるのが本のすごいところです。今のチョイスで完全に親しみが湧きました」

「そうね。あなたとも仲良くなれそうな人だったわ」

「ありがとうございます。嬉しいです。今でも丸山市の図書館で働いてらっしゃるんでしょうか。だとすると、速水さんとの再会もありえますよね。お名前は?」

「『カンカン便り』で見たことがあるの」

図書館で働く人たちのコミュニティサークルがあり、そこが発行している会誌だ。

公的な集まりとして県の協会や日本全体の協会がある。主宰する勉強会やシンポジウムに出席する場合は出張扱いになる。

対してコミュニティサークルは私的集まりだ。参加は各人の自由で、会費がかかるものから無料のものまでまちまち。「カンカン」は関東圏の図書館職員を対象としたサークルで、年会費五千円ながらも会員が二百人を超える。専用のウェブサイトを持ち、クローズド形式の会議室では情報交換も活発だ。

典子は非常勤の頃から会員になり、自分から意見を述べたり投稿したりはなかったものの会誌には目を通していた。

「あれに載っていたことがあるんですか。最近のものなら私も持っています」

「四年くらい前よ」

「だったらないかな。司書になって、しばらくしてから会員になったので」

天井を仰いで残念がるので、該当の号を見せると約束した。

ほんまるの廃止は寂しかったが、それ以上にこたえたのは会誌に掲載された文章を思い出したからだ。あれがなければもっと冷静に現実を受け止められたのかもしれない。


会誌にその名を見つけたのは四年前が初めてではない。

ウメちゃんとのやりとりのあと、仕事を終え帰宅してから、典子は「カンカン便り」のバックナンバーを調べた。

十二年前の十一月号にも載っている。その年の夏にサークル内のイベントとして一泊二日の研修会が開催され、報告レポートの中に「三ツ木進」という名前がある。小学校の校庭で、日に焼けたおじさんのシャツの胸にあった名札と同じだ。

レポの中で、三ツ木さんはパネルディスカッションに登壇し、オフィスにこもりがちになる司書を案じていた。意識的にフロアに出て図書館利用者を見てまわること、カウンターの職員と言葉を交わし、コミュニケーションを取ること。それらの重要性を語っていた。その頃からすでに貸し出し作業や棚の整理などはパートタイマーに一任していたのだ。

小さいながらも写真が掲載されていた。資料を片手に参加者に語りかけている姿だ。相変わらず浅黒い風貌なので、笑った口元からのぞく白い歯が目立つ。記憶の中にある「ほんまるのおじさん」と重なった。

十二年前の典子は懐かしく思う以上に、悲しくて泣いた。司書になるという夢にほとんど挫折しかかっていた時期だ。

子どものように涙をこぼしたものの、辛うじてタイムリミットの一歩手前で種川市に採用され、そこからは目の回るような忙しさ。大学での勉強や非常勤職員としての仕事とは異なり、正規司書としての業務は責任も生じる。送られてくる会誌を眺めるのがやっとだった。

そんな中でも四年前、見落とすことなく三ツ木さんの名前に気づいた。日々の雑感を綴った文章だった。三ツ木さんは司書として四十代前半まで丸山市の図書館で働いたのち、学校教育部に移ったらしい。教科書選定や教職員の福利厚生に関わり、そこから福祉部の地域ケア推進課を経て、ごく最近、図書館も含まれている社会教育部に戻ってきた。五十九歳と記されていた。定年の直前だ。

掲載誌が「カンカン便り」ということで、内容は図書館に限定されていたのかもしれない。

意図的な偏りがあったにせよ、久しぶりに戻った図書館で思い切り働きたいという意気込みが感じられた。ほんまるのことにも触れていた。

「初めてチーフとして任されたのが移動図書館だった。四十代で他の部署に異動になってからも、畑の向こうに見かけたり、交差点ですれちがったりするたびに、『おーい』と声をかけられているような気がした。定年を前にようやく図書館に戻ってきたときも、歴史を刻みつつ磨き上げられた車体に励まされた。これからも良き相棒でいてほしい。共に、市民の求める資料を用意するという、シンプルかつ重要な理念を守っていきたい。できることはまだまだあるはずだ。日々、新しい本は生まれる。それを蔵書に加える図書館も新しく前進している。どんな未来が待っているだろう。何が自分にできるだろうか。楽しみだ、という気概はとりあえず持ち続けよう」

この文章が強く記憶に残っていたので、典子はほんまる廃止の噂（うわさ）を聞いたときには驚いた。何かのまちがいかと思い、丸山市役所に勤める知り合いに問い合わせた。返ってきたのは今年いっぱいという正式な期限だった。

前から廃止の話はあったが、具体的に進んだのはここ一、二年だそうだ。毎年の統計を見れば移動図書館の利用者減は顕著（けんちょ）。丸山市に限らず、廃止に踏み切る市町村は全国的に見ても少なくない。近隣でも次々に姿を消している。時代に合っていないという声に、抗う術はなかったのだろうと知人は言った。

理路整然とした物言いに、それこそ典子はぐうの音も出ない。数字は無情だ。ステーションで交わされているやりとりや、本を選ぶ人たちの真剣な横顔など加味してくれない。ほんまるが行かなければ、図書館の利用を断念せざるを得ない人は一定数いる。本に接する楽しみを奪いかねない。

けれど予算はすべて市民からの税金でまかなわれている。使い方には効率が求められ、それが公平性につながるとされている。

「種川市ではまだ走らせているんですか」

電話口で聞かれ、返事に詰まった。相手は典子が司書であることを知っている。けっして嫌味や失礼とは思わず素朴に尋ねている。如才なく合わせればいいのだろうが、利いた風なことは言えない。質問に質問で返してしまう。

「ほんまるの廃止を残念がる人もいたでしょう？」

「いたかもしれないけど、廃止反対の声はあがらなかったみたいですよ。いずれそうなることを誰もが察していたんじゃないですか。むしろ遅すぎたという声は耳に入りました。他ならぬ、図書館スタッフから。細々とでも続けられればよかったんでしょうが、それにしてはコストがかかりすぎる。現場も持てあましていたのでは」

いろいろ聞かせてくれてありがとうと、礼を言って電話を切った。

そのときのやりとりを思い出すと活字が頭に入ってこない。音楽を聴く気にもなれず、個人で購入したばかりのチェコのイラスト集をめくった。お伽噺の挿絵や装丁画がふんだんに掲載されている。

ウメちゃんがチェコの絵本を購入したいと言い出したので、仕事帰りに立ち寄った書店で典子はイラスト集を見つけた。図書館の蔵書のあるなしに関わらず、手元に置きたい本はあり、買い物するのは一番の楽しみだ。行ったこともない国の知らない昔話が次々に紹介され、それも興味深いが、なんといっても絵。レトロで素朴な風合いが物語世界に連れて行ってくれる。繊細で流麗なタッチが心を慰撫する。モダンアートの第一人者であるミュシャの絵はいつどこで見ても美しい。

ほんまるの廃止がこたえるのは、ほんまるのたどった道のりが、図書館そのものの今後を暗示しているように思えるからだ。効率が悪い、時代に合っていない、経費ばかりかかる。それは図書館を必要としない人の口からしばしば聞かれる。

学校、病院、消防署、保健所、道路整備、上下水道整備と、税収でまかなわなくてはならないものは多い。図書館よりも病院、水道だろうと言われれば反論するのは難しい。

国民の誰もが分け隔てなく利用できるようにと、図書館は増え続けた。移動図書館を走らせ、市町村ごとに本館を建て、分館を作り、利便性は上がったはずだ。けれど人口が減り税収も減り、どの部署も予算が削られていく。

広げたものを畳んでいく未来が、迫っているのかもしれない。

3

「カンカンのバックナンバー、読ませてもらいました。三ツ木さんの研修会での提言も、四年前のエッセイも。ご自分の考えをしっかり持った、熱い方ですよね」

「そうみたいね。私が直に接していたのは小学校のときまでだから、大人になって初めてどんな司書だったのかわかったわ」

「今は六十代の半ばですか。テルさんよりお若いんだ」

ウメちゃんはそう言いながら、傍らのテルさんを見る。巡回路の関係で帰館の早い日だった。典子も加わりバックヤードで返却本を片づけ、明日の準備もすませる。

ウメちゃんから、ほんまるの話をテルさんにもしたいというので、カンカン便りのバックナンバーも見せてかまわないと言っておいた。そのテルさんが口を開く。

「エッセイにあった経歴からすると、三ツ木さん、ずっと図書館にいたわけではないんですね。でも最後はもしかして図書館長に？」

「いいえ。図書館や郷土資料館、公民館などを管轄する、社会教育部の部長になったみたいです」

序列からすると社会教育部部長の方が図書館長より上になるが、典子にしても少し意外だった。本人の希望はあくまでも図書館長のような気がしていた。希望通りにならないのが人事でもあるけれど。

「すると、文章にあった『定年を前にようやく図書館に戻ってきた』というのも、正しくは図書館を管轄する部門に戻ってきた、なんですね？」

「そうなりますね」

ブックトラックに本を並べているウメちゃんが暗い声で言う。

「熱意のある人が統括部の部長になって、移動図書館を応援してくれていたのに、ほんまは廃止に追い込まれたんですか」

典子の眉根が寄る。まさに一番こたえた点だ。彼のような人でも時代の流れを止められなかった。

落胆を抑え、なんとか気持ちを言葉にする。

「私、あの文章を決意表明のように読んだの。ようやく戻ってきた部署で、思う存分働きたい。ほんまると共に頑張って行きたい。それができる喜びさえあの文章から感じられた。じっさい、三ツ木さんは手腕を振るったと思うのよ。けれど結果からすると、現場の足並みは揃っていなかった」

ウメちゃんに「何か聞いたんですか」と詰め寄られ、電話の件を話した。しゃべりながら、いつもの自分とはちがうと思う。

困ったとき、悩んでいるとき、壁にぶつかったとき、人に相談するのは昔から苦手だった。打ち明けるのが不快とか苦痛とかではなく、黙々と溜め込んでしまうタイプだ。司書への夢に挫折しかかったときも、ひとり暮らしのアパートの一室で、朝から晩まで膝を抱えて丸くなっていた。

思えば子どもの頃から家族はみんな忙しく、きょうだいとは年が離れていたので一緒に遊んだ記憶があまりない。たいていひとりだったが、寂しいと思うことはなかった。困りもしなかった。気ままに庭の花に水をやったり、空を見上げて歌をうたったり、本を読んだり。

我慢強いのではなく、花や歌や本があれば満ち足りていたのだと振り返って思う。気の合う子とときどきしゃべり、他愛もない話題に笑うくらいで十分だった。まわりからはぼんやりとしたおとなしい子と思われていたがその通りだ。

でも移動図書館を利用するようになって、人と話す機会が増えた。「あの本はなんだろう」「その本は面白い？」と誰かに聞きたくて、ほんまるのスタッフに話しかけたこともあった。学年のちがう子にも尋ねた。「おすすめはこれよ」「そっちはちょっと恐い」「まだむずかしいかもよ」「挿絵がきれい」「三年生なのにもう読めるの。すごいね」、そんなふうに応じてくれる上級生とのやりとりは楽しく、となりのクラスに友だちができ、下級生とも仲良くなった。

相変わらず家の中で黙々と本を読む毎日だったけれど、ほんまるを通じて自分というものを意識するようにもなった。人が面白いと言ったので借りてみたけど、そうでもなかった本もあれば、自分は感動して泣いたのに、つまらなそうにしている人もいた。なんでどうしてと不満に思っていたところ、スタッフから「ちがっているから面白い」と微笑(ほほえ)まれた。

典子にとって読書は、知識や娯楽をもたらすだけでなく、人との関わり合いを広げ、人生の奥深さにも気づかせてくれるものだった。

それを支えてくれたのが図書館だ。無料の貸し出しがなければどうやって本を読めただろう。

「三ツ木さんのような人がいてもほんまるは守れなかった。その事実が私にはとてもこたえたの」

「電話の話をうかがうと、廃止が決まったのは三ツ木さんが退職されてからなんですね。まさか、それを待っていたわけではないでしょうが」

ウメちゃんは言いにくそうに目を伏せる。典子もうつむいて唇を噛む。

遅すぎたという声が現職のスタッフから聞こえたそうだ。やめればいいのにと思いながら、ほんまるを見送っていた人がいたのだろうか。想像するだけで胸が軋(きし)む。

もっと利用者が多ければ、もっと予算があれば、余裕が生まれる。寛大にもなれるのだろうが。いや、寛大という、相手の許容を願わなくてはならない施設になりつつあるのだろうか、図書館は。

テルさんから話しかけられる。

「その、三ツ木さんという方は、今どうしているんですか」

「さあ。定年後も再任用されて残るのがよくあるケースですけれど」

「可能ならば調べてみてはいかがでしょう。三ツ木さんの今と、ほんまるの今後のことを」

「今後？　ほんまるが運行するのはあと三ヶ月弱ですよ」

ウメちゃんもたたみかける。

「速水さんは丸山市役所で働く人に確認しています。廃止の決定は誰にも動かせないはずです」

「そうかな。ほんとうになくなるんだろうか。私にはそう思えない」

意外なことを言われた。

「どういうことですか」

典子も聞き返したが、テルさんは考え込む顔になるばかり。

思いつきで適当なことを言う人ではない。よその市とはいえ移動図書館に関する話題だ。単なる楽観論を唱えるとも思えない。しかしこれまでの話で、異議を挟む余地はあっただろうか。

考える材料ならば典子の方が多く持っているはずだ。しいて言えばテルさんの方が年が上なので人生のキャリア、仕事のキャリアは積んでいる。そこから発想できることはあるのかもしれない。

もうひとつ。今現在、利用者に接しているのはテルさんだ。典子の仕事はほぼすべて裏方なので、直接のやりとりに乏しい。見落としている点があるのだろうか。

4

翌週の後半から、典子は本バスに乗り込むことにした。通常、ウメちゃんとテルさんのふたりでステーションをまわっているが、利用者の多いところに行くときだけパートタイマーが同乗したり、図書館所有の別の車で合流したりする。

典子もこれまで、応援として別の車で駆けつけたことはある。店開きをしているときはずっとカウンターに立ち、片づけが終わると早帰りしていた。けれど今回は時間を作って、手助けのいらないステーションにも同行する。

市の広報誌からコラムの原稿依頼がきていたので、初めて執筆の名乗りを上げ、テーマを移動図書館めぐりん号にした。課長の了承が得られたので、大手を振って本バスに乗れる。毎日というわけにはいかず、都合をつけても三、四回がせいぜいだろうが。

その一日目、東部エリアにある吉田町の公民館駐車場を訪れた。静かな住宅街の一角なので利用者が多いわけではないが、公民館の奥には児童館もあるので、お年寄りから子ども連れの若い人まで幅広くやってくる。

児童館には施設貸し出しが行われているので、コンテナの受け渡しが真っ先に行われた。児童館のスタッフが気さくな人で、受け取ったあともその場にいて顔見知りの人たちと談笑している。明るく和やかな雰囲気を作ってくれる。

それを眺めていると、背筋のしっかりとした年配女性が典子のそばに来た。

「初めてお目にかかるけれど、あなたも司書さんなのかしら」

尋ねられて、胸の名札を見せる。

「ご利用ありがとうございます。本館でめぐりんのサポートをしている速水と申します」

「あらそう。サポート?」

「事前の準備や後片付けを一緒にしています。いつもは出発を見送って本館に残っているんですけど、今日は見学に来ました」

「あのふたり以外にも係の人がいるってことね」

笑みと共にうなずく。

「何事にも、見えないところで働いている人っているんだわねえ」

「このステーションは前からご利用いただいているんですか」

女性は「いいえ」と肩をすくめた。

「今年の春、大和市から引っ越してきたの。出かけた帰りにたまたま見つけて。気づいてよかったわ。楽しみが増えたもの」

「ありがとうございます。ご利用にあたってのご意見などありましたらお聞かせください」

「だったらひとつ。アピールはもっとした方がいいんじゃないかしら。めぐりんを知らない人は多いと思うわよ」

たしかにアピール不足はいつも課題だ。静かにひっそり、自分の世界に浸ってもらえるような施設でもありたいが、認知度が低すぎても困る。

「ご指摘ごもっともです。知ってて利用しないのと、知らなくて利用できないのとはちがいますよね」

「それよ、それ。何が入口になるかわからないでしょ。私はこの年で種川市に来たんだけど、めぐりんが馴染むきっかけになってくれたのよ」

思いがけないことを言われ、きょとんとする。

「どうかした？」

「私も移動図書館にきっかけをもらったんです。子どもの頃、小学校の校庭に移動図書館の車が来てました。そこで図書館で働きたいなら司書になるといいよと、教えてくれる人がいて」

「それで今のお仕事に？　素敵な話だわ。聞かせてくれてありがとう。やっぱり今日ここに来てよかった」

女性は目尻を下げ、典子の腕にそっと手を当てて言った。

「めぐりんをいろんな人の、いろんな入口にしてあげてね」

同乗して二日目、館を出るときにウメちゃんから言われた。

「速水さんから一番最初にほんまるの話を聞いたとき、テルさん、やけに身を乗り出していたでしょ。あれには理由があるんですよ」

「どんな？」

「小学生の利用者さんから、将来は図書館で働く人になりたいって言われる話、今でもあるんですよ」

思わず「ほう」と声が出る。

「だからテルさん、前のめりになったんです。子ども時代のふわふわした夢物語ではなく、ほんとうに司書になる人がいるんだとわかって」

「そうだったの。どんな子かしら」

「今日、これから行くステーションに来ます」

「うわあ。ドキドキしてきた」

　車の点検をしていたテルさんが苦笑いを浮かべる。

「あの子が速水さんみたいになったらいいなって、そりゃ思ってしまいますよ。年長者の楽しみです」

「もしかしてそれで余計に、ほんまるのことを考えてくれたんですか」

　紆余曲折があったにせよ、典子は司書になっただけでなく、移動図書館に乗ってステーションを巡回するという夢まで叶えた。けれど今、めぐりんを利用している子どもが大きくなったとき、廃止になっていてはめぐりんには乗れない。

　本バスは殿ケ丘（とのがおか）住宅のステーションに到着した。地域ボランティアが待ち構えていて、てきぱきと設営を手伝ってくれる。近所の保育園から園児も来ており、こちらはすでにシートの上で紙芝居が始まっていた。歓声のひとつひとつがたまらなく可愛い。

　見とれていると、ほっそりとした男の子が駆け寄ってきた。胸に布袋を抱えている。返却用の本が入っているのだろう。まっすぐテルさんの立つカウンターに向かった。挨拶（あいさつ）を交わし、「これが面白い」「絶対おすすめ」と力説している。

　どんな本だろう。そっと歩み寄りのぞくと、乙一（おついち）や三浦（みうら）しをんの本を返している。ずいぶん幅広く読んでいる子だ。

テルさんが典子に気づき目礼したのち、男の子に向かって「こちらの司書さんはね」と話を始めた。飲み込みが早いらしく、男の子はたちまち相好を崩した。

「すごい。いいなあ。ぼくも図書館で働く人になりたいんです。めぐりんに乗って町中をまわりたい」

典子は「待ってるわね」と笑みを返した。男の子は快活にうなずき、カウンターから離れて車に向かう。今日の本を選ぶのだろう。

「以前は宇佐山団地に住んでいたんですけどね、こちらにお祖父さんお祖母さんの家があるそうで、引っ越してきたんですよ。どちらにもめぐりんのステーションがあって、二週間に一度やってくる。それが彼にとってとても愉快だったらしい。にわかに、将来は図書館員になると言い出して」

「今、テルさんの気持ちがよくわかりました。話しかけられたとき、どう答えようか迷ったんです。でもあの子の夢が叶うと、私の同僚になるかもしれないじゃないですか。そう思ったら、未来が明るく照らされたような気がしました」

「誰かが『なってみたい』と思ってくれると、誇らしい気持ちになりますね。誤解や買いかぶりもありますし、誇らしいなんて大げさなんですけど、単純に嬉しくなります」

　それが子どもならばなおさらだ。思ったままを口にしているのだろうから。

「三ツ木さんも嬉しかったと思いますよ。速水さんのことは絶対に覚えています」

これまでだったら、いえいえそんなと恐縮や謙遜をしただろうが、さっきの男の子に会ったあとは「かもしれない」と思う。

典子の視線の先で、男の子は年下の子たちに本を取ってあげたり、お年寄りにぶつからないよう、ふざけている子を呼び寄せたりしている。自分のかつての姿が重なる。小学校の校庭に響いていた蟬時雨や、雨の日のあとの水たまりが脳裏に浮かぶ。ぬかるんだ地面に足を取られないよう、木の板を並べたこともあるし、みんなで雪かきをして、車を招き入れたこともあった。

「異動で図書館から離れてからも、三ツ木さんは図書館サークルの一員でした。無料ではなく会費制の会ですよね。つまりずっと会費を払い続けていた。さらに研修会にも参加し、パネラーとして受講者に提言している。その内容は、フロアに出て利用者をよく見ましょう、カウンターで働くスタッフとコミュニケーションを取りましょう、という非常に具体的なものです。利用者との直接的な関わりが減り、パートタイマーに任せがちな現場をよく知っている。三ツ木さんは図書館から離れても常にアンテナを立て、現状を把握し、問題意識を持っていたのだと想像できます」

三回目にめぐりんに同乗した日に、テルさんは館に戻ってから話してくれた。ほんまるの今後についての、テルさんなりの考えだ。

「その三ツ木さんが、ほんまるを例外視するとは思えません。予算との兼ね合いに目をつぶり、ずるずる引き延ばすようなまねはしないように思えるんです」

典子は眉をひそめた。

「今の言い方だと、三ツ木さんもほんまるの廃止に賛同していたように聞こえます」

てっきり否定してくれるとばかり思っていたのに、テルさんはうなずいた。

「ちょっと待ってください。それはおかしいですよ。四年前のエッセイで、三ツ木さんはほんまるのことを、これからも良き相棒でいてほしいと書いているんです。『これからも』ですよ」

「はい。共に、理念を守っていきたい、というふうに書かれていますね」

「四年の間に変わったと？」

いいえとテルさんは首を横に振る。

「私はこう考えました。三ツ木さんの『守りたい』は、『理念』にかかっているんじゃないでしょうか。『ほんまる』ではなく」

虚を突かれた。相棒と呼びかけたくなるほど愛着のあるほんまるを、図書館に戻ってきた自分がこれから守っていく。典子はそう読んだのに。

「理念を守る？　そのために、ほんまるを切り捨てる？　まさか」

効率を考えたら当たり前だ。世間の声が典子の中でうずまく。わかっている。時代に合わせた変化は必要だ。柔軟な対応があってこその公共施設だ。でも、それを三ツ木さんには言ってほしくない。

気色ばむ典子をよそに、テルさんは落ち着いた口調で話を続ける。

「ほんまるの存続が厳しいことはわかっていたはずです。遅かれ早かれ廃止に追い込まれることも察せられる。三ツ木さんはそれをただ指をくわえて、見てるだけの人でしょうか。私にはそうは思えない。何か方策はないかと、朝に晩に頭を働かせる人だと思うんですよ。だって、移動図書館をきっかけに司書になりたいと目を輝かせる子がいたんですよ。それだけの力が移動図書館にはある。決まりました、ハイさようならでは終われない。たとえ廃止になったとしても、共に理念を守っていこう、相棒でいてくれと、エッセイの中でほんまるに語りかけたのではないでしょうか。このとき三ツ木さんにはすでに腹案があったとも考えられる。ただ私にはそれがどういうものなのか見当もつかず、この前は口をつぐむしかなかったんです」

典子は半ば呆然としながら問いかけた。

「では今は、何かわかったのですか?」

「先ほど、手がかりのようなものが得られました」

テルさんの口元がほころび、朗らかな笑みを浮かべる。さっぱり意味がわからない。

神妙な面持ちで耳を傾けていたウメちゃんも困惑の表情だ。

「テルさん、三ツ木さんは何をどうするつもりなんですか」

その日訪れたステーションは一ヶ所だけだった。北部のビジネスエリア。ここはオフィスビルや工場が集中している場所で、昼休みに多くの利用者が詰めかける。ウメちゃんたちではさばききれず、毎回パートタイマーがサポートする。

今日は典子も加わって、他のスタッフと共にリクエスト本を探し、問い合わせに応じ、返却された本をせっせと片づけた。

ひと息ついたのは終了間際だった。テルさんはスーツ姿の若い男性と話をしていた。ウメちゃんとも顔なじみらしく会話が弾んでいる。主にふたりが男性に質問し、答えをもらってうなずいたり、首を傾げたり、腕を組んだり、それをほどいて笑ったり。

気になったが、典子にはかけねばならない仕事の電話があり、そばに寄ることもできなかった。

「終了時間の頃に、テルさん、若い男性と話していましたよね。あの人が手がかりに関係してますか?」

「話し込んでしまいすみません。北部ステーションの周辺には会社がたくさんあって、派遣で働いている人も多くいます。めぐりんの利用者にもちらほらいるんですよ。彼はそういった人たちをマネジメントする人材派遣の会社で働いています」

「派遣の会社……」

「いろんな業種を扱っているだろうから、オフィス勤務以外の求人にも詳しいのではと思い、種川市ではなく、丸山市の求人について尋ねました。本音を言うと、契約打ち切りになる非常勤職員やパートタイマーが、職を探しているかもしれないと思ったんです。ほんまる廃止に限らず、各部署に人件費見直しの動きがあるとも考えられるでしょう？　その場合、一時的にせよ、派遣会社に登録する人が増えるのではと」

ところが彼は意外なことを口にした。あそこはマイクロバスの運転手を探していますよ、と。

「運転手？　どうして？」

「他にも、司書の資格のあるパートタイマーを募集するそうです」

耳を疑う話だ。

「ほんまるを廃止するタイミングでなぜですか。業務を縮小するんじゃないんですか」

「彼が聞いたところによれば、既存の公民館で、図書コーナーのなかった館に新たにコーナーを設けるそうです。そこで働く司書がほしい。運転手については、地域をまわるバスを増やすので必要になるらしい」

図書コーナーの新設と、地域バスの増便。

それが今回の件にどう関わるのだろう。テルさんに言わせれば、三ツ木さんは廃止を漫然と受け容れるようなまねはしない、期するものがあるからこそ会誌に投稿した。だとしたら四年よりもっと前から案を温め、ここ数年で実現化に漕ぎ着けたことになる。

ほんまるはどんな未来を目指しているのだろう。

5

中学校の文芸部で生徒の作品を集めた文集が作られている。よくあることだろうが、宇佐山団地内にある宇佐山中学校では活動が盛んで、毎年立派な文集に仕上がっている。顧問の先生から見せてもらい、本館では寄贈という形で受け容れることにした。

一階のヤングアダルトコーナーに、館内閲覧のみとして置いたところ、しばしば棚からなくなっている。読んでいる人がいるらしい。他の学校からも打診があり、今では高校も含めて七校の文集がコーナーを彩っている。

文集への感想は図書館経由で該当する学校に郵送されているが、典子は久しぶりにそれを携え、宇佐山中学校を訪れた。今なお元気いっぱいな文芸部は、このたび作家を招いての講演会をやりたいと言い出した。

講演会なら本館で毎年いろいろ開いている。でも中学生が言い出しっぺというのは初めてだ。中学校の文化祭などで開催すれば学校行事としてカウントされるが、生徒たちが他校の文芸部ともやりとりした結果、アクセスしやすい本館の会議室を使いたいと言う。融通できなくはないが場所の提供だけでは不自然。やるからには図書館も関わらざるをえない。

生徒たちは呼びたい作家を無邪気にあげているので、失礼のない依頼、準備、当日の接待、議事進行と、放っておけないことばかりだ。館長に相談すると、こちらの協力態勢が整えばかまわないと賛同してくれた。イベント係にも話を持ちかけ、実現への道筋が整いつつある。

学校を訪れたのは木曜日の午後だった。文芸部顧問の先生と図書室司書が歓待してくれた。

文集への感想を手渡しした後、さっそく講演会に向けての話し合いが始まる。典子は準備期間を含めたタイムスケジュール表を机に広げ、先生たちは身を乗り出してのぞき込む。

「おおっ」と感心したような声を上げたのち、ふたりとも笑顔になった。

「やれそうな気がしてきました」

「生徒たち、喜びますね」

それを聞き、幸せな学校だと思った。こういう利用者がいてくれるのだから、自分が働いているのは幸せな図書館だ。

講演会までに大人が受け持たなくてはならないこと、生徒に任せられること、図書館にできること、学校にやってほしいことなど、具体的な話を進めてから打ち合わせを終えた。学校からの質問を受け取り、下駄箱まで送ってもらう。

時計を気にしていると、バスの時間ですかと聞かれた。

「わざわざ遠くまでありがとうございます」

「バス停はおわかりですか」

「ここまでは路線バスを使ってきたんですけど、近くに移動図書館のステーションがありますよね。今日のこの時間、ちょうど来ているはずなので寄っていきます」

「めぐりんですか」

「うちの生徒も愛用していますよ」

ふたりに見送られ、典子は団地の坂道をのぼった。駆け足で追い越していく小学生がいる。元気だなあと独り言が漏れる。

曲がり角で右か左かと迷っていると、朗らかな笑い声が聞こえ、ふたり連れの老人が左側からやってきた。それぞれ手に本を持っている。目を凝らすとビニールコーティングされ、背表紙にラベルが貼ってあるような。

「どうしました」

「どちらに？」

老人たちから話しかけられる。

「めぐりんを探していまして」

「ああ。この道ですよ」

「まだいますから、急がなくても大丈夫」

ありがとうございますとお礼を言って、ゆっくり左の道を歩く。

テルさんは人材派遣の人からいろいろ聞き出し、新しい試みが始まっているのではないかと目を輝かせた。

背中を押されるかっこうで、典子は久しぶりに小学校の同級生に連絡を取った。クラス会の折に、地元の公民館でパートをしていると話していたのだ。丸山市の図書館について尋ねると、明るい声が返ってきた。

その公民館はもうすぐリフォームされ、図書館の出張所ができると言う。棚に置かれる本は少ないが、司書が派遣され、リクエストした本を受け取ることも返すこともできるようになる。地域をまわる巡回バスも整備され、公民館に停留所ができる。

「バスが来るのは週に二回だけなの。でもその二回は朝昼夕方と一日のうち何度かまわってくれるから、滞在する時間も作れて、買い物や公民館の利用にちょうどいいのよね。お年寄りも曜日なら覚えやすいと思うわ」

小学生以下と六十五歳以上は無料。それ以外は百円で利用できるそうだ。

「移動図書館が廃止になるのは聞いた？」

「残念よね。でも、うちの市には三ツ木さんという図書館界では有名な人がいて、その人が言うには発想の転換ですって。今まで本を積んだ車がまわっていたでしょ。これからは人が車に乗って、本のあるところにまわってくる。だから新しい車の名前も『ほんまる』になるかもしれない。複数あるから、一号、二号って。まだ決定じゃないんだけどね。ほんまるって、響きがかわいいもの」

時代に合わせて変わっていく。そんな言葉が典子の頭に浮かんだ。

図書館の部署から学校教育に移り、福祉部を経てまた図書館のある社会教育部に戻ってきた。三ツ木さんはキャリアを積むごとに視野を広げてきたのだろう。そして限られた予算の中で何ができるのかを考えた。地域の住民を置き去りにしない方法を模索した。

太平洋戦争のあと、敗戦からの復興期に公立図書館が建設され、あまりにも数が少なかったのでそれを補うべく、図書を載せた車が野山を駆けめぐった。馴染みのない手法に当初は驚かれもしたし、猛反対もあっただろう。けれど本を届けたいという熱意が人々を動かした。

そこから広がった本好きの系譜は脈々と受け継がれている。

そして今また、図書館は岐路に立つ。娯楽は多様化し、知識を得る方法は多岐にわたり、人口は減り、予算は削られる。できることは限られていくのかもしれない。でもまだ動く余地はある。

典子は深呼吸をして背筋を伸ばす。やれることも、やってみたいことも自分にはある。日々の仕事に取り組みつつ、まずは図書館の活性化を探りたい。どうすれば魅力をわかってもらえるのか。新たな工夫も必要だろう。認知度を高め、一度でもいい、足を運んでほしい。棚の前に立ってほしい。二度目もあるよう、利便性を向上させたい。小さな要望をすくいあげこたえていきたい。他の自治体の試みを調べて参考にしたい。

未来のために。多くの市民が図書に親しめる機会を守るために。

小学校の校庭で出会ったスタッフたちも、理念を胸に今も模索し続けているのだろう。それを忘れないためにも、本を積んだほんまるに会いに行かねば。リニューアル後も見てみたい。三ツ木さんに、私は司書になりましたよと報告したい。どんな顔をするだろう。覚えているだろうか。

坂道を登り切ると人だかりが見えてきた。ぽつんと離れた四阿(あずまや)で本を読んでいる女の子がいる。近くのベンチでなぞなぞを出し合っている男の子たちもいる。一冊の本をのぞき込み、リフォーム談義に花を咲かせる女性たちもいる。多量の本をカウンターに並べた男性は、六冊に絞っている真っ最中だ。

引き受けた広報誌のコラムでは多彩な利用者を紹介したい。

考えながら歩み寄ると、本の塊を抱えたテルさんが会釈してくれた。長々と教え諭(さと)すわけでなく、大きな声で励ますわけでなく、知らず知らず後ろ向きになっている人に、どうしましたと声をかけてくれるような人だ。

それにつられて視線を動かせば、見えるものが変わる。思い込んでいた風景が実はほんの一部であること、世界はもっと広いことを気づかせてくれる。まるで一冊の本のように。

あとでちゃんとお礼を言おう。本人は、いえいえそんなと照れるだろうが。

ウメちゃんは典子を見るなり元気よく片手をあげた。中学校文芸部とのイベントは彼女が手伝ってくれる。早くもやる気満々で中学生に負けず劣らず楽しげだ。

これから先、図書館のイベントを仕切っていくのは、彼女みたいな人がうってつけだと思う。地道な苦労を厭(いと)わず、まわりへの気づかいもずいぶん身につけ、何よりタフで柔軟性がある。一緒にいるとわくわくできる。得がたい資質だ。面白いイベントも、彼女なら発案してくれそう。

そんなことを想像しながら、今日の帰りは本バスで。

道々「めぐりんだ」と歓声をもらい、笑顔を向けられ、手も振られる。

幸せな車に乗っていこう。

自動車文庫にいたころ

紅玉いづき

今、図書館に空きなんかありませんよ、と面接相手は言った。

私は物怖(ものお)じしない人間だったので、「文化施設だったらどこでもいきます」とふてぶてしく答えた。

大学を卒業し、一度は一般企業で働きながら小説を書いていたものの、作家をしながらフルタイムで働くことを断念した、まだ二十代の転職活動中のことだった。

小説を書きながら、図書館で働いてみたい。自分でも、叶いそうにない夢物語だなと思いながら、あまり期待せず面接の返答を待って、数日。

夕方にかかってきた電話口の声は、少しばかり早口だった。『これから、すぐいける?』というようなことを聞かれた。はい、と答えると、『自動車文庫の職員が倒れたので』明日からでもいってほしい、と告げられたその勤務先は、偶然にも、家のすぐそばの公立図書館だった。

思い出深いことはたくさんあったけれど、図書館で働く中で、一番ドラマティックだった瞬間かもしれない。

数年後、パーティでこの本の著者である大崎梢さんを見かけた時は舞い上がってしまった。小説が好きで、本が好きで、本屋が好きで図書館が好き。だったら嫌いな人なんかいない、と思う作家さんが、大崎さんだった。お話をさせてもらったことが嬉しくて、なにか話題をつくりたくて、言った。

「私、自動車文庫に乗っていたことがあるんですよ」

そこで小説のエピソードになるような素敵な話を披露できたらよかったのだけれど、興奮した頭では、たいした話が出来なかった。ふがいない、恥ずかしい、とずっと心残りに思っていたので、今回解説のお話をいただけた時には嬉しかった。しかも、あの懐かしく思い出深い「本バスめぐりん。」シリーズの！　改めて読み返しながら、なにか話せることはあるだろうかと思い返してみた。

といっても、特別な思い出はそうなかった。ただ、ただただ楽しい日々だった。黄色い四角いバスはいつもパンパンに本を詰めて出発した。ハンディサイズの貸出機は大事な相棒で、重たいバスはいつもガタゴトと大きめに揺れた。司書でも正規職員でもない私は助手席ではなく書架のある後部の、少し堅いシートに座る。そのシートベルトをしめる時、なんだか私も並ぶ本の一冊になったようで嬉しかった。体調を崩し倒れた職員さんが戻ってきても、人手の足りない時には呼んでもらえて、乗せてもらっていた。二週に一度の持ち回りでは、利用者さんを個別に覚えることはなかったけれど、みんな本好きな人ばかりだった。縁がないという人も足を止めては、書架に詰まった本を感心したように眺めていた。陽気な運転手さんと仲がよく、時間があえばなじみの喫茶店でランチをおごってもらった。団地にも、山の中にも、ぐるぐると自動車文庫は回った。子供達が来れば騒がしく、雨が降れば退屈な、その仕事のことは、やはり特筆するようなエピソードはないけれど、私にとっては、他の多くの図書館業務と同じく、豊かな日々だった。

当時、「自動車文庫のお話を書いている作家さんがいてね」と家族に言ったら、「面白そうな題材なのに、先を越されたね」とにやりと笑われた。いやいや、私じゃこんなに見事に書けないよ、と思ったことを覚えている。

そんなことをつらつら思い出しながら、今回改めて『本バスめぐりん。』を読みなおし、この『めぐりんと私。』を読ませていただいた。

本バスめぐりんは三千冊の本を載せて街を回る移動図書館で、運転手のテルさんと、図書館司書のウメちゃんが乗車している。前巻『本バスめぐりん。』では第一話、テルさんとウメちゃんの出会いが描かれるが、今回の『めぐりんと私。』から読んでも十分に楽しめる。

いつだって、図書館ではそうであるように、物語のキーは本を借りに来る利用者であり、本である。

　そして、前巻ではこんな台詞がある。

「さっき言われたばかりですよ。めぐりんは昔も今も、賢くて気立てのいいバスなんです」

わかる、と思った。私の乗っていた、あの自動車文庫も。いっとう賢く、気立てがよかった。

　このシリーズの本当の主役が、そんな賢くて気立てがいい、めぐりんであることは疑いようもない。

　移動図書館の大きな特徴として、本の方から「一歩踏み込んでくる」ということがあるだろう。本来なら歩かない本達が、どっさりと車に詰められ、日常の「生活」の中に現れる。

　本巻『めぐりんと私。』でも、めぐりんの元への様々な利用客の訪れ（正確には、利用客の元にめぐりんが訪れる）が描かれる。

　そして、様々な実在の本が登場することも、この物語の醍醐味だろう。

　人生の隣に本を置いていた女性の、その人生との巡り会いを、『したきりすずめ』の絵本からはじまり、『路傍の石』や『あすなろ物語』、『宝島』などの海外文学、『ぼくを探しに』などの本の手触りとともにたどっていく「本は峠を越えて」。

　子供の頃に借りた本をなくしてしまって図書館に来られなくなった青年が、その当時のなくした本『二分間の冒険』の謎を、テルさんたちとともに『安楽椅子探偵アーチー』のように解く「昼下がりの見つけもの」では、図書館の本をなくす、ということが子供心にどれだけ途方にくれてしまうことかと思い出して、胸が痛くなった。

思えば小さい頃から図書館のヘビーユーザーで、図書館ではよくミステリを読んだものだった。『十角館の殺人』や『ツナグ』『謎解きはディナーのあとで』『屍人荘(しじんそう)の殺人』『ジェリーフィッシュは凍らない』などいくつもの本のタイトルが出てきて、まるで気の合う仲間とミステリの話をしているような気持ちになれる、「リボン、レース、ときどきミステリ」では、本が好きな者同士で本の話をする楽しさを思い出す。移動図書館は、本だけではなく、本のことを話せる貴重な相手も一緒につれてきてくれるのだと。

老年のふたりがまったく世代の違う子供達と移動図書館で出会い、『夏の庭』など本によってつながり、子供達のなぞかけのような手紙を一緒に解いていく、「団地ラプンツェル」。どれも「ある」「わかる」と読み進めていったが、最後に収録された「未来に向かって」はことさら胸に迫るものがあった。

私は作家になってから、『サエズリ図書館のワルツさん』という図書館が舞台の小説を書いた。そして、自分も図書館勤務の経験があるからだろう、「図書館司書になりたいんです」と打ち明けられることが、少なからずあった。

私は司書の資格は持っていなかったけれど、図書館は憧れるに足る場所だと思う。同時に、そう言われるたび、果たしてどう返すのが正しいのかと考えるのだ。専門職としての図書館司書の門は狭く、つらい。それだけで生きていこうとすると、もしかすると、作家になるより難しいのではないかと思うことも多い。私があの場所にすべりこめたのだって、本当に、運がよかっただけだ。

「未来に向かって」の中でも、その苦悩は描かれる。特に移動図書館は減少傾向にあり、なくなっていくのかもしれない。移動図書館がそうであるように、図書館もまた。

同時に、やはりそこは夢の職場でもあったと思えたのだ。本に触れ、本を愛する人に触れ、誰かのために本を探し、紹介し、探偵みたいなことも、なんでも屋みたいなこともする。私は特に、『図書館だより』をつくることが好きだった、ということを、「未来に向かって」を読みながら思い返していた。

働いていた当時、私が作家であったことは、同じ図書館で働くみんな、なんとなく知っていたけれど、それを過剰（かじょう）にもてはやすこともなければ、話題を避けるようなこともなかった。たまに、相互貸借（そうごたいしゃく）で私の本のリクエストがかかると、わざわざ私の机の上に置かれるようなことがあり、館内サービスの仲間はそんな時、ちょっと悪い顔で笑った。

みんな、本が好きだった。本を傍（かたわ）らに置く生き方が、普通のことだった。

そして、めぐりんは、移動図書館は「どんな」車であるのか。その結論はぜひ、この本を最後まで読んで確かめてもらいたい。

私が次に「図書館司書になりたいんです」と誰かに言われた時には、この『めぐりんと私。』をすすめようと、心に決めている。

本の未来はどこに行くのか、図書館はどこに行くのか。考えても、思っても、わからない。時代の波に押し出されるように、かわっていくような気がするし、それでもかわらない気持ちだってあると思う。

ただひとつ、この物語を読む限り、わかることとは。

賢くて、気立てのいい、めぐりんは、きっと今日も、どこかにやってきてくれるということだけだ。

たくさんの本と、愛をのせて。

本書は二〇二一年、小社より刊行された作品の文庫化です。

検印
廃止

著者紹介　東京都生まれ。元書店員。2006年、書店で起こる小さな謎を描いた『配達あかずきん』を発表しデビュー。同シリーズに『晩夏に捧ぐ』『サイン会はいかが？』『ようこそ授賞式の夕べに』がある。他の著書に『クローバー・レイン』『忘れ物が届きます』『スクープのたまご』など。

めぐりんと私。

2024年4月12日　初版

著　者　大崎　梢

発行所　（株）東京創元社
代表者　渋谷健太郎

162-0814/東京都新宿区新小川町1-5
電　話　03·3268·8231-営業部
　　　　03·3268·8204-編集部
URL　http://www.tsogen.co.jp
DTP　萩原印刷
晩印刷・本間製本

乱丁・落丁本は、ご面倒ですが小社までご送付ください。送料小社負担にてお取替えいたします。

ISBN978-4-488-48708-9　C0193